U0021169

馬德里隨筆

青春・語別・未完待續

林子群

Septiembre

La ansia insaciable de conocer el mundo

推薦序

　　一個人生揚帆啟航過程的精彩訴說。身為一個對生命充滿好奇的建築系大學生，作者以敏銳的感受力和洗鍊的文字，記錄到西班牙遊學與國際學生間的互動點滴，以及對生命的體悟。台灣的未來，在於年輕人國際視野更大幅度的提升和與世界多元文化更密切的接觸，作者的歐洲遊記非常值得年輕學子參考。

許朱勝 / 現任台灣大學國際企業系領導學分學程副教授
曾任 IBM 台灣總經理與 GE 台灣執行長

　　從出道以來，我就一直維持著三到五個專欄的習慣，因為我喜歡筆耕，藉由不同領域的吸收整理，幻化成感觸文字，靠邏輯起承轉合，分享給讀者。
　　在這裡我看到一位年輕朋友，一樣喜歡創作，即使在他當交換學生的探索過程，也用文字紀錄下所見所聞，這點讓我相當欣賞，也相信藉由他的筆觸和分享，讓我們知道馬德里，除了蔡依林馬德里不思議這首歌曲的情境之外，還有另外一種面貌。
　　祝福新書大賣，也希望你我都能夠在他的圖文之下，進一步認識這個異國世界，並且在此表達羨慕，能夠趁年輕多出去看看走走，真是太幸福了呀！

推薦序

　　我想很多年輕朋友都很喜歡車子，可能一輩子都很難忘記第一次擁有自己車子時的感受，代表著一個自我專屬的空間與隨時移動的自由，而當今世上很多車廠都喜歡在所生產的系列產品中，為特定型號加上「GT」的代號，有時象徵著車輛操控性能卓越、有時則彰顯長程旅行的驅駛力量。

　　「GT」是什麼意思呢？其實是從英文「Grand Tour」這個名詞演繹而來的，要翻譯成中文時，我覺得翻得特別好，就是「壯遊」！

　　子群這本隨筆雜記雖然以環繞馬德里為主題，記錄在特定時空生活之中的點點滴滴，其實字裡行間流露的，恰恰是一場青年壯遊的心得整理，是在這個年紀、在這個環境，以本身已然累積的知性與感性力量向外展延，與來自地球四面八方的人物風景，所交會擦撞出的火花，可能短暫耀眼、更可能永難忘懷。

西方國家常把 Grand Tour 作為年輕朋友長大成人進入社會之前，一個可以轉換心情的方式，不論是遊山玩水、浪跡四海，或是刻苦打工、社會貢獻等，一方面體會世界之大、人生原來有許多不同面向；一方面調整心態、訓練自己成熟面對未來，這種類似一個「儀式」的作法，已經存在相當的時間。

這也就是台灣近年來，在學子之間流傳較廣的「Gap Year」風潮，從實務面向來說，好比海外遊學、打工度假、自助旅行、國際志工等等，都可以視為年輕朋友在離開學校以後、踏入社會現實之前，一段 Time Off、自行充電，甚至體會人生、思考未來的機會！

如果你正好在這心靈驛動的年歲、扛起背包勇闖天涯的念頭也正在偷偷蠢動著，那麼你不妨看看子群的所見所聞，或許可以作為一本導覽也說不定。總是因緣巧合，我看著他從一個小不點，到氣宇不凡的翩翩少年，從他眼裡看出去的世界，我相信對於與他年齡相仿的朋友，具有一定的參考價值。

青春無價，從一個「過來人」的角度來說，年輕歲月對於內心深處如何感受與回應外在世界的這股追求，其實中外皆然，唐朝大詩人李白、杜甫也曾在年輕時壯遊名川大山的階段，留下文學史上不朽的篇章，更重要的是，我希望年輕的你們在這番沉潛況味之後，能夠更加積極向上，為自己的人生創造更多的可能，活得更有意義，更精彩！

最後我想回應一下子群，米蘭昆德拉說「美好的生活總是在他方」，但這句名言我感覺話中有話，你，體會了嗎？

童至祥 / 現任特力集團執行長
曾任 IBM 台灣總經理

為什麼出走？

遊學？旅行？打工度假？

脫離僵泥般一成不變的生活？

當我們向自己問起為什麼想暫別台灣時

目的也許並非最打緊的

我們似乎順從心底的聲響前行

亦步亦趨地朝心窩深處盪起回音的長廊邁進

期待且略為恐懼的想一探拱廊盡頭

那甚感生疏卻也無比眼熟的自己

想述說的究竟是什麼？

是啊，為何出走？

為何想暫別嶼島呢？

2015 年 9 月中旬，時值仲夏初別而秋韻未至。那陣子剛擺脫一連串令人頻生煩厭之事，身心俱疲，對諸多將接踵而來之務頗感迷茫，充滿著疑慮。

出發的期限迫在眉睫，行囊收到一半、心緒懸而未決，為過往折騰、對未來卻步……。

將時序往前挪移約莫一年半，初聞交換到馬德里一事時，即將之列為畢業前必達成的、對自己的期許。自孩提以來，如終日活在保護傘底，在家庭的保護內學語、在台北的照料中習步，儘管大學時到了外縣市求學，可仍於嶼島的滋養下成長。對於舒適圈外的世界從未切身地深刻感受過，在未曾踏足的國度裡，自己將如何堅毅苗壯呢？

截至前往馬德里前，已走訪餘十個國家，但想必因旅行而累積的經歷並無法全然移植到異鄉的生活上，為期半年內，諸多關頭待跨越、諸多衝擊待適應。將遭遇哪些人？聽聞哪些風情？參與哪些故事？

半年後的我，又將遺留下多少克情緒的碎片於此時自己尚一無所知、千萬里外那陌生的馬德里呢？誰曉得，時間終將鋪陳一切。

近晚間，拖著匆忙收妥的行李箱前往第二航廈，慌亂又狼狽。去程車窗外叫人難以忍受的燠熱，是暫別嶼島前對她最後的印象，下回碰頭便是寒冬時節了。

暫別下身旁悉數熟稔的人事物、暫別對嶼島慣以為常的依賴；與此刻告別、與此際的自己告別，彷彿朝行至尾聲的末青春期語道再會。

將這趟出走視為告別青春之行也許僅為藉口，實為替徬徨的心境尋索一紙晦昧不明的導示，似迷霧裡的微弱火炬般……。

房子還沒租、課程尚未選，連機場到市區的地鐵該如何轉乘也都仍不確定。雜亂的思緒得花些時間梳理，而航次躍離在即。此時，登機廣播已最後複誦，天明後眼前的場景就是馬德里了。

出發吧！

最終，決定忠實呈現那段日子中以文字記錄下的每一份情緒，或樂或怒、或喜或悲，不於旅程告終後額外的增添修改。

P.S 感恩有機緣能將這份書寫付諸出版。感謝家人、朋友、日月文化及一路上不吝予以協助的眾多面孔。尤其是最親愛的家人們，感謝你們的關懷、支持與包容，我才得以無後顧之憂的放膽逐夢，謝謝！

獻給
爺爺、奶奶、外婆
爸爸、媽媽、妹妹
每一位在世界各地的朋友
每一座於旅途上相遇的城市

Contents

Noviembre 十一月

Diciembre 十二月

Enero 一月

Febrero 二月

九月 ————————————

Septiembre

初抵・重逢

擁抱遺忘的過去

o1

初抵 · 重逢

抵歐陸後見到的第一個老朋友是 H
來自澳大利亞的她個頭小小的，卻有著無比開朗的樂觀情懷
去年十一月自巴薩告別後，今次恰巧逢她至馬德里
方促成這回難得的會面

H 將大學課業耽著，與一位好姊妹橫越數幅經緯
於盛夏時分，在巴薩的一間青旅找到工作並安頓下來

數十個月後的此時
我們約在太陽門廣場旁的麥當勞
綿綿潺雨，城市晚來探入深秋

我問她對近未來有什麼打算時
H 以她那微微沙沉的嗓子說道 " 該回家了 "
未待我追問，她邊嚼炒麵邊語道 " 青旅的工作本來就是一時的
久而久之，不過是聽著一個又一個他媽的新故事
總之，我辭了。暫且教英文掙著活。不過，我還是得回去了
事實上，當我聽著一個又一個的新故事
關於上大學、間隔年之壯遊、準備就業或片刻休息等等時
心底總冷冷的意識到，自己正在不斷揮霍青春罷了，真他媽有夠罪惡 "

"但是，這般社會大學的寶貴經驗，是妳同齡的人不可能擁有的，不是嗎？"
H 使勁的擠上笑容，隨即陷入鬱陌

再次道別前，我祝她順利，並好好享受回澳大利亞前的歐洲生活
她坦然掬納，以那遠遠超齡的二十二歲神情回覆
"也祝福你順利，趁著尚且能 "享受生活" 的時候，好好地珍惜"

雨停了，濕答答的馬德里格外寧寂
聲響彷彿因潮漉而俯墜，行歸於阿爾卡拉街上
試想下次見到 H 為何時、何場景

進地鐵站前
我踢起塊人行道上的小石子
石子跌入柏油路面上的水坑
旋即為城市的幻影所吞噬

o2

擁抱遺忘的過去

有時候一覺醒來，突然想不起身在何處
哪怕是想起了，也忘卻了為何身在此處
絕不是因宿醉未清
即便，在這連啤酒均較飲水便宜的國度

前陣子，鍾文音的《寫給你的日記》成了隨身包裡的常駐房客
讀著她的思緒、品觀她以筆尖勾勒出的紐約日居街景
偶爾則跟闖入她心窩的莒哈絲打聲招呼

年輕不是藉口，不羈則為事實
欣賞她那近乎為所欲為，卻始終秉持著自我價值的生活態度
欽佩她能於浪蕩自在的日夜潮汐中，淘洗出自己的思想精髓
這是旅人的天賦，何以浪跡天涯而不貧倦的天賦

流浪是不是一種基因？
好吧，說 " 流浪 " 太理想化了，應是 " 慣於出走 "
" 慣於出走 " 可匤為 A、T、C、G 的某種排列組合
每每於臨至舒適圈邊緣時，騷動起潛沉於己的出走意識
拾起行囊，出發

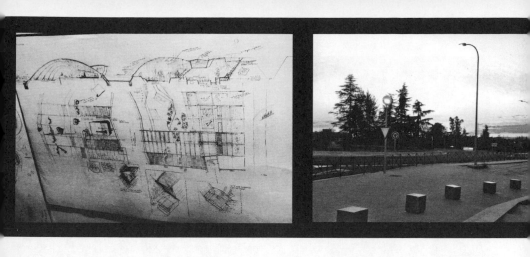

開學週餘，陸續認識其他的交換生
當然稱不上熟稔，不過至少先熱絡起話匣子
聊找房子遭遇的鳥事、聊 Ultra music festival
聊自己的家鄉、聊截至目前為止對馬德里的粗淺認知
紅髮德國女孩 R、英蘇腔混雜的愛丁堡男孩 P
搞笑波蘭女孩 Z、親切靦腆的義大利女孩 I
表面上，大家的目的都是交換留學
然而心扉內鎖藏之思意又是另一回事
有的是照既定計畫、有的是突發奇想
有的是為了逃避、有的則是來的莫名
亦有多種兼備，惟比重多寡之別
好奇自己屬於何者，只是並不指望能得到回覆
畢竟那內在的自我尚不肯吐露實話

文溫德斯的上一部電影《擁抱遺忘的過去》提到
" 願意再度提起，才是真正放下 "
也許吧，待自己甘於對自己坦承的那一刻
早起時的短暫失憶症便可不藥而癒

十月 —————————

Octubre

o3

第一場雨

和人相遇憑藉機緣，和城市亦然
不曉得有多少人和我一樣
因 Jolin 姐姐的一曲《馬德里不思議》而首遭耳聞這座城市
人魚、豎琴、黎明、微醺等等的措辭
大概是許多七、八年級生，對於南歐最初的想像吧
至於馬德里到底座落何處並不重要
她終為個高懸心尖的美麗意象

旅行和生活間的分野在於
居住於城市裡，即明瞭到，深刻的明瞭到
馬德里，並非不思議
哪來的心思以鵝毛筆工整書信
頂多是以藍色原子筆潦潦劃記
如過往的日常生活般，柴米油鹽排於首位
散步之必要、溜狗之必要、薄荷茶之必要
遠遠大於穿法蘭絨長褲之必要、馬票之必要
無論居於哪座城市想必均是

馬德里天候乾燥
連來自雨嶼的我亦開始將傘擱於家中，未料
昨夜降下驟雨，令一向慣於乾爽的城人們措手不及
今晨起床，沒有捲簾人
只得自己出門察看是否為綠肥紅瘦
順道將見底的牛奶、果汁紙盒丟至街角的回收桶

試著在日復一日的規律中，錨定自己的步調
在偌大廣陌的城市裡，尋及自身的存在感
存在感？不知為何，這陣子常想起這個詞彙
自卑的人以鮮豔的照片強調自己的存在感
空巢期的父母以對子女的過度關心證明自己的存在感
孤單的人以極低重渾厚的浩室舞曲固化流失的存在感
或如《愛上羅馬》裡失寵的前大紅人李奧伯多
費盡一切心思即便搞怪自貶，也要喚回眾人的關注

好在，馬德里並非羅馬
並非羅馬般老得頑強執拗
她只是不思議的恣意搖擺著
搖擺著華麗緋燙的飄逸裙襬

04

Looking For Victoria

前些日子，看了部私心認為是今年最優質的電影——《維多利亞》
馬德里女孩的柏林邂逅
無悔青春，濃縮狂奔、狂熱、狂顛、狂傲於短短的一夜之間
影畢，在戲院坐了好長一段時間，即便是出了影廳仍未覺下戲
而如今來到了馬德里，來到了維多利亞出發的起點
一探自詡為逃兵的她究竟何以出走

三週餘來，去了馬德里市區內許多家咖啡廳
連鎖的、堂皇的、簡約的，確實沒有一家架設有鋼琴
也許這淺顯的現象並不足以闡釋什麼
然起碼是個楔子，是個引領故事拓展前的微妙開端

SITGES 2015

VICTORIA

UNA PELÍCULA DE SEBASTIAN SCHIPPER

UNA **CHICA**.
UNA **CIUDAD**. UNA **NOCHE**.
UN **PLANO**.

Una producción de MONKEYBOY En coproducción con DEUTSCHFILM RADICALMEDIA WDR ARTE
LAIA COSTA FREDERICK LAU FRANZ ROGOWSKI BURAK YIGIT
MAX MAUFF ANDRÉ M. HENNICKE
SUSE MARQUARDT Sonido MAGNUS PFLÜGER Diseño de decorados ULI FRIEDRICHS
NILS FRAHM DJ KOZE DEICHKIND Consultor de guión ANKE KRAUSE Producción BARBARA BUHL
WDR, Andreas Schreitmüller ARTE Producción JAN DRESSLER SEBASTIAN SCHIPPER
ANATOL NITSCHKE CATHERINE BAIKOUSIS DAVID KEITSCH Guión SEBASTIAN SCHIPPER OLIVIA
NEEGAARD-HOLM EIKE FREDERIK SCHULZ Director de fotografía STURLA BRANDTH GRØVLEN DFF
Dirección SEBASTIAN SCHIPPER

Monkey Boy   deutschfilm   RadicalMedia   WDR   arte
medienboard   DEUTSCHE   german   THE MATCH FACTORY   Looking For Victoria   27
Berlin-Brandenburg   FILMFÖRDERUNG   films
arte

想起了去年季夏認識的朋友 PT
說得更精確些，是想起了她右腹下緣的刺青

那是個很亞得里亞式的乾燥午後
烈日炙烤著城牆，薄淡海風有一陣沒一陣的吹拂
PT 提議去游泳，墨綠瞳眸內滿是對湛藍海水的殷切渴望
我們以卵石子壓住毛巾四角，將贅若盔甲的衣物也置於一旁
頓時發現 PT 的腰窩上刺著隻蜥蜴

晚餐吃烤三明治時，問她那蜥蜴代表了什麼
她娓娓說道是為了紀念在西非的兩年生活
" 妳怎麼跑到西非去了？ "
" 因為我爸爸是空軍，那時全家隨他派駐至西非而搬到那暫居
蜥蜴是我生活的那個國家的代表動物，回國後考慮了好久
才決定自己畫出蜥蜴，並請刺青師幫忙刺上去，另一方面⋯⋯"
她頓了半晌後又說道 " 回國後父母便離婚了
因此才更希望，能銘記那段日子的快樂 "
語畢她啃著下唇苦苦的笑了笑，旋舉起桌上的蔓越莓汁一飲而盡

PT 當下那迷惘的表情令人難忘，非空靈，反倒是因注入了甚多情緒
於維多利亞的臉上，再次見到那般迷惘的模樣
相仿的迷惘曝照於柏林的白茫晨曦下
電影結尾並未交代維多利亞去哪了，只知她走向街口的另一端
也許她仍歧途於柏林，也許她已回到馬德里
又或許她其實到了不知名的某處
下回，倘若經過間傳逸出悠揚鋼琴旋律的咖啡廳
肯定，是會進去瞧一瞧的

o5

巴別

十歲以前，總以為英文萬萬不能
總以為所有的外國人均說得一口流利英文
爾後若干次旅行經驗，徹底使我明白到
英文其實尚存有眾多的侷限

古老傳說中，人類試圖接近天神而謀策興建巴別塔
天神為了阻止人類日益膨脹的狂妄
於是施以神力，分化人類的語言
使得人與人之間的溝通產生了隔閡
終至眾人無以為繼將巴別完成

時至今日，我們仍困在巴別的囹圄裡
承擔先祖們所遭受的懲處

相異語言間到底可不可能相通？
"How do you do？"和"別來無恙"是否代表了同等含意？
我想，非得以吻合的文化、價值觀為思考核心
否則，弭平溝通間之差異的企圖是難以達成的

中文、英文、西文，每日均於不停的語言輪轉中
流失言語的精準性
儘管部分西班牙人的英文程度頗為不賴

但別指望他們均說得一口字正腔圓的流利英語
受拉丁文母音的影響，西班牙人講起英文可是十足的拉丁腔
ㄟㄧㄞㄡㄩ 變成 ㄚㄟㄧㄡㄨ
得時時豎起耳朵，運用點聯想
十足專注方可大約地明白腔調之後的含意

然而，與其責怪西班牙人的英文腔調、程度，不如接受這個事實
正如在台灣，總不可能要求滷肉飯攤的老闆娘以全英文點膳

當語言不再全然可靠，溝通此時便轉以肢體
恰如在《火線交錯》中
菊地凜子那徬徨的眼神，渴望以肢體語言架構出濃烈情緒的姿態
她的語意如此強烈，離精準卻如此遙不可及
在震耳欲聾的音樂中
彷彿世界只剩光影的呢喃，以及眾人不知所云的狂野舞動

在巴別的世界裡
人們失去言語的能力，溝通僅徒留虛無
喜怒哀樂簡化為抽象的面部圖騰
而肢體是可有可無的旁徵末節

在巴別的世界裡
神話降世為現實
頹廢的遺址考究著先人鑄孽的蹤跡
世人用以贖罪之努力
似鞭長莫及的近岸波濤

往後於馬德里的日子裡，想必仍將困頓於轉換言語的泥淖間
但哪怕是步履蹣跚
也將奮力踏足，帶著點傻勁
朝著無止無盡的巴別緩緩邁進

o6

南法

粗礪石磚牆漸漸褪下光澤
落地窗外的城市充滿莘莘學子的氣息，同老邁的街巷形成鮮明對比
這裡不是馬德里，而是南法的某座大學城

連假四天跑出馬德里，臨至一座盤踞於思緒中已一陣子的城市
有些說不上來由，僅憑著一股感性的衝勁即捆起行囊出發

酒吧裡播放著 2015 夏季熱門樂曲精選
800 c.c 的白啤換上第二輪，鉛筆的蕊芯亦換上一截
趁著在城市的最後一夜，試著將幾日內的所見所聞簡略書寫涵蓋
吧台另一側的女孩突然湊了過來，端詳片刻後指著我的筆記本問道
"這是中文吧！"
我點頭，接著她調皮的說
"我也會中文噢！只是大概都忘光了吧！嘻！
看你在吧台上寫個不停的，所以好奇想看一下
但……這是另一種中文嗎？怎麼和我學的不一樣？"
"這是繁體字，外國人學的大多是簡體字"
"所以你不是中國人？"
"不，我從台灣來"
"瞭解，嗯……對了，我是 E，很高興認識你！"
她以帶著齒縫的笑容開懷道

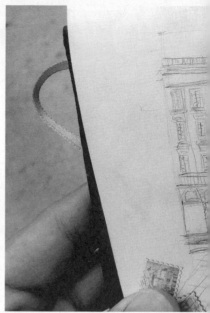

和 E 聊了好一陣子，她説高中時對文學有興趣，同時選修中文和英文
升大學前不知唸什麼好，所以憑著對文學的愛好挑了比較文學為主修
可三年畢業後又不知道要幹嘛，目前暫且在室內裝潢建材公司從事銷售
" 我真的不知道要做什麼，一點主意都沒有 "
E 坦然的雙手一攤，帶些滑稽的皺眉説道

800 c.c 的白啤換上第三輪，男孩 AB 加入話局
他在里昂唸完建築，如今在此地的一間大型事務所實習
我們先是有默契的以圈內話抱怨了一番
再將方才的怨懟不以為然的全拋諸腦後
AB 嚥著刺辣的啤酒，苦哈哈的表示自己彷彿迷失了
做著不知是否真正喜愛的事情，過著不知是否為自己想要的人生
碰了碰結構、唸了唸建築，結果還是不明白自己到底在幹嘛
我在旁跟著乾笑，殫精竭慮的想搭上些話
可喉頭的字句癱頹崩解，似通宵達旦後般軟爛無力

我們沉默上半晌，突然 AB 乾掉了剩下的大半杯白啤
大聲的祝自己今天二十五歲生日快樂

誰記得分秒針的位置？
只知歌單如酒水見底的高腳杯，剩下泡沫嗶哩啪啦的晦晦作響
大夥魚貫同吧台大哥道謝、步出小小的酒吧
寒風中，我們搓捂著掌心
以啤酒的餘溫和熱絡的對談暖和著身子

和 E、AB 以最傳統的方式道別——未互留臉書，僅揮手自茲去
或許吧，往後，希望在某個思憶乍現的片刻
能憶起暢然自在的此夜
能憶起悠步於迷途的 E
能憶起茫失於正途的 A
能憶起行旅於漫徒的自己

o7

Hace un año en plaza Argentina, Roma

男孩説自己來自那不勒斯，肩上的吉他袋替他表明了來意
女孩説自己同樣來自那不勒斯，緊牽著男孩的手心代她述説了原因
去年羅馬的銀塔廣場，男孩猶豫著是否演奏，女孩只是望著他頻頻微笑

我問能不能替他們拍張照
女孩大方看著鏡頭，男孩靦腆的略為手足無措
男孩不大會説英文，女孩於是代為回答
她説他們沒有目的地，且唱且走
憑著有緣觀眾的讚賞過日子

沒能留下來待他們演奏
離去那刻，心想
究竟是太幸福，不必克難完成致青春的告別
還是太不幸福，沒能為告別而跌傷，拓下獨特疤痕
始終，告別可以宏烈也可輕巧
惟接續的，均為鼻酸難受

街頭音樂表演隨處見於馬德里
拉小提琴的老婆婆、若干年輕人即興來段阿卡貝拉、大叔們重奏薩克斯風
其中，最讓人訝異的莫非是地鐵裡的走唱藝人
他們索性將行動音響搬上車廂，大聲朗出獨白後
便旁若無人的高歌一曲，勇氣可嘉
他們通常一節、一節車廂的走唱
唱完後拿著捐款箱，走向每個無論有意或無意的聽眾

有時，駐足聆聽表演，可能是因其醒目有趣的標語
有時，則純因聽者與樂曲間私藏著共鳴

一日，於太陽門通往 Callao 廣場的大道上
聽見一對年輕男女正在演唱強尼‧弗林和蘿拉‧曼寧的《The Water》
停下步伐，將耳機摘下
直至最後一聲弦音也消散了才捨得離去
他們的歌聲微微緊繃青澀
但充分享受音符的情懷，似乎渲染及周遭圍觀的路人、旅者、過客
於此同時，眼前歌唱的他們
令我恍若見到去年在銀塔廣場，無緣聽及他們演奏的男孩女孩
倘若，他們沿著地中海旅行，抑或哪天訪至馬德里
願意就此席地而坐
於深秋時節裡瑟瑟發抖，於霓虹斑斕下自在徜徉
趁著更多的告別襲來前恣意的再聽上一曲
並感謝這麼一曲間傻氣卻美好的時刻

o8

電幻世代

以前高中舞會上，熱舞社的 popping 組登場時
必播首《Work It Harder Make It Better, Do It Faster, Makes Us Stronger》的歌
一直到最近，才曉得原來這首曲子是傻瓜龐克（Daft Punk）的成名曲之一

近期即將上映的《巴黎電幻世代》
便以他們發跡的歷程為劇情的時間軸
米雅‧韓桑露芙再次以她拿手的青春為題材
刻畫出一則有點令人心碎的成長故事

終究，成名了，戴上頭盔風靡全球外，還有葛萊美獎可以領
但未成名的呢？

前天晚上遇到個英國大哥 T

他挺拔有型，乍看之下儼然是街頭版的凱文・哈里斯

T 現居伯明罕，擔任電玩銷售員，忙裡偷閒利用年假至西班牙走一趟

看到他指上的銀色婚戒，好奇他難道未與家人同行

他笑著搖頭，說太太實在排不出空檔

T 的太太是法國人，他們最初相遇於機場的候機室

恰巧又搭乘同班飛機，就此結下不解之緣

看到我不可置信的表情，T 開懷的表示

" 我知道這很像電影情節，但總之就發生了，算我幸運囉！

噢對了，明年初將迎接我們的第一個孩子 "

" 恭喜！ "

" 謝謝！到時候就有得受了

你離當爸爸還遠著呢，對吧？ " T 反問道

" 是啊，還無法想像這件遙不可及的事情，我也才剛滿二十三歲而已…… "

" 天啊！我是老頭了，我今年三十五……，都快忘記自己二十三歲時在幹嘛了 "

又聊上一陣子，T 提起除了正職工作外，自己還是個兼職的 DJ

週末在伯明罕的中小型酒吧裡，均能發現他的蹤跡

"怎麼會想當 DJ ？"

"大學時開始接觸，漸漸玩出興趣，也開始有些小成果

可是，最後仍決定將大學唸完，DJ……就當興趣吧

我知道自己不會是下一個提雅斯多或大衛‧庫塔"

"你又沒真的試過，說不定你本來會是下一個 EDM 天王呢 "我半玩笑的說道

"哈哈，我老了，EDM 對我而言是年輕人的玩意了

我現在比較常播出神，或是些風格獨特的音樂例如 Parov Stelar 之類的

總之，我喜歡現在的工作，滿意目前的生活，也有著美好的家庭 "

聽著 T 娓娓道述著自己的電幻世代
沒有明確的起始，至今同涓涓細流般緩緩長行
自他滿是鬍渣的臉上，並未讀出一絲的懊悔
反倒是察覺了我未曾意會至的情緒
也許十年後我能具體說出那感受，但也或許無法

聊著聊著，問他們夫妻倆想過小孩的名字了沒
T 表示 " 我們希望是個女孩，也預想好幾個英法文通用的名字，像是……"
接著他便一股腦的唸出數個我拼不出來的美麗名氏
" 那如果是男孩呢？" 我追問

T 頓了頓，似不著痕跡般會心笑道
" 就叫 Eden 吧！"

o9

老朋友

按著滑鼠畫圖，長桌圍著來自英、法、德、義的同學
大家邊工作邊偶爾說笑，我也以有些彆腳的英文加入話局
於此同時，不免苦惱，以前怎不更努力練好英文呢
但是再怎麼苦惱都是徒勞，畢竟我們均無力改寫已成定局的昨日

前陣子同朋友 F 聯絡，他問我何時能去找他
我不確定何時有空，但承諾一定會再去圖賓根一趟
F 的女友 D 大他六歲，我們全都是在前年的一個旅行團裡認識的
那時 F 和我是全團唯二未滿二十一歲的男生，因此被分配當了一個月的室友
每當晚上其他團員去酒吧聊天時
我們只能在房裡默默的喝手工伏特加調薑汁汽水
談談有趣的事、玩些幼稚的 drinking game
一夜，F 說他想認識 D，可是每當看到她冷艷的臉龐便打退堂鼓
隔夜，F 說他去打探了 D 的消息，有意思的在於
D 有個年紀和 F 相仿的弟弟；F 的二姊則和 D 年齡相當
F 沮喪的模樣令我以為事情可能就不了了之了吧

沒想到，數日後的深夜，F 衝進房裡把我搖醒
不可置信的顫抖著說 " 老天！我剛剛……吻了 D ！"

一年過後，在圖賓根和 F 聚首
他充當兩日地陪，帶領我在大學城裡閒逛、遊覽內卡河
他的住處座落於河岸後的小巷子，公寓旁臨烘焙坊，時有飄香
F 的房間裡有個額外的簡易衣櫃，架上擺著種類繁多的瓶瓶罐罐

暫住於他家的那幾天，D 剛好去克羅埃西亞旅行，順道拜訪外祖父母
F 說經歷近一年的遠距離愛情後，他們決定繼續走下去
D 更是心一橫的直接自伯斯搬來圖賓根

離開前的最後一晚，和 F 去他最喜歡的小餐館
餐館依傍堤岸，堤岸燈火打照餐館
我們分飲桑格利亞，欄柵外的沁涼夏夜若此舒爽
F 開口道 " 我由衷感謝去年此刻的自己 "
" 為什麼？ "
" 感謝自己那晚夠帶種敢開口邀 D 去散步 "
" 我記得那晚我們住在間很偏僻的旅舍對吧，所以你找她去哪散步了？ "
" 其實，只是走到旅舍旁的游泳池而已，我也不知道自己在想什麼
我最近一直反覆想著，要是那晚我沒開口呢？ "

我說我們均無力改寫已成定局的昨日
且同時承擔所有定奪衍生的結果
有好有壞、或甜或酸
唯一不變的是專注於此刻
別將之變質為下一刻的懊悔
F 啜著杯底稀釋若許的桑格利亞說道
"但又有多少人，能扳倒當下的膽怯呢？"

下個長連假，應該會在圖賓根度過吧
屆時，F 和 D 都會在
我們需要，也終於能好好的敘敘舊
是時候了

1o

唐人街

老女孩染著過於年輕的普魯士藍，以妝容同下垂的面頰打對台
她掛著克莉絲汀史都華式的一號表情
擁有的，卻是莎莉賽隆般的熟冶面容
女孩看慣了年華流逝，可看不慣鏡中的自己緩緩凋零

尋常的一個午後，走了趟馬德里的唐人街
髒亂的窄巷內，小孩子騎著四輪車晃過
嘻嘻哈哈的說了一串夾雜著甚多種語言的字句
華裔遍布的街道上，則傳來各式腔調的中文
分不清源自何處，然絕非鄉音

於遊子，思鄉時切莫試著自唐人街尋求慰藉
淪得越深，離家越遠；簇得越近，鄉愁難嚥

和住處附近開手機行的華人大哥聊過幾回
他來自杭州，中西文均溜
問他為何遠道遷徙至此，他搔了搔梳的老高的油頭道
"我哪知，爹娘帶著我就到這了，我還是娃兒哪能不從？"
他毫無保留的坦然呈道，彷彿視我為同鄉相好般全無城府
不知為何，並未將他的親切視為理所當然
反倒微微帶著戒心，僅禮貌性的點頭示意

全天下有幾條唐人街？有多少寧可聚首齊思鄉的常駐遊子
我並沒打算將生活全盤寄託在此，亦未打算於鄉愁澤沼裡陷得太深
只是對＂唐人街＂一詞的脈絡好奇至深
儘管，尚未全然揣摩清＂唐人＂們的感受

唐人街的老女孩們
不若《戲夢巴黎》裡的伊娃葛林般蠱惑慵懶
不若《夏日午後的初纏愛戀》裡的艾蜜莉布朗特般青春明媚
不若《地下城市》裡的米里雅娜約科維奇般潔秀脫俗
也不若《外慾》裡的喬凡娜梅諾茲歐娜般窈窕綽約
更不若《紅色情深》裡的伊蓮雅各般甜美無暇
她們提拉嘴角，似《香港有個荷里活》裡的周迅般恍惚神祕
橘橙夕日臨至城市盡頭，藍髮老女孩們紛紛引吭
以那自成一格的腔調，一曲接續一曲
打馬德里的唐人街，傳詠至下一條千萬里外的唐人街

十一月—————

Noviembre

11

停擺

擠進人群，好不容易輪到我點餐時
火災警報器剎那間響徹學校的每個角落
我靠在吧台上才要開口，廚房大哥卻雙手一揮要我們全部離開

感覺像演習，數百位學生井然有序的紛紛出至建築外
用餐到一半的，索性將整盤食物一併端出去吃
上課到一半的，利用空檔抽起捲菸

整座學校全然停擺了
幾百人或結隊、或三兩成群、或形單影隻
大夥如無頭蒼蠅，於空曠的戶外水泥地上耗起時間，閒適得詭異
此番無事可做的悠哉感，也許伴隨著任何情況，或出現於任何場景

數年前的八月底，自法蘭克福返台灣，途中在香港轉機
由於颱風，幾近所有航班均耽擱了，整座機場亦亂成一團
乘客們宛如臨時的另類難民，於機場內反覆奔波
餓了就以餅乾裹腹，倦了就席地枕行囊小憩
那時年紀小，將一切視為遊戲，反正苦難有大人們來擔當
不以困於機場而愁，反沉浸於此類新穎的冒險中

久遠的情緒，好巧不巧在今個平凡的正午出現
約略幾刻鐘內
彷彿某部分的自己被淘空了，遺失於過往的渦漩

挪移，意謂挖肉補瘡以填補更早之前即存在的空缺
但缺口怎麼填也填不滿，不是嗎
是呀，也許訣竅在於不懈的填補，而非平整後的模樣
我們驅逐著往日的懸缺，同時為嶄新的塌陷所追逐
日後一日，遙想也許有解脫的那天
我們是自己的薛西佛斯

二十分鐘後，證實未有火災
警報器純為鬧脾氣而窩裡反
所有人又重新回到室內，上課、吃飯、發呆
餐廳裡眾人們若無其事的用膳
四周重新充斥起餐具敲打瓷盤，及杯底擊桌的聲響

轉著銜於頸上的銅環
於舌尖處想要憶起當初在香港機場 " 逃難 " 途中吃了什麼
一點頭緒也沒有，甚至連那近十個小時做過哪些事均無從說起
感覺彷彿是吧台兩端的陌生人
之間阻有無數晶瑩玻璃杯和重重人聲鼎沸

經迂折樓梯回到地下工作室
打開筆電，同時點開製圖和修圖軟體
半晌，卻決定闔起螢幕
攤開筆記本，翻至空白頁
搭搭搭的點出細細的筆芯

12

足球瘋

若想深入探究城市的脈絡
約略能自其運動隊伍中見著一斑
即便非足球迷，肯定還是聽過皇家馬德里
至於足球迷們，則知道馬德里尚有另一支勁旅
——馬德里競技 or 馬體會

通泛而言
白領階級較多支持皇馬，馬競則為藍領階級所擁護
日常生活中，在小餐館或小酒吧和老闆們聊起足球
當表明自己支持皇馬時
他們有些故作戲謔的瞪大雙眼
有些則搖搖頭達示不以為然

看了幾場比賽，也分別去過兩隊的主場後
多少能明白，馬競何以也擁有為數龐大的球迷

皇馬貴為球壇強權，沒有他們買不起的球員
許多球員更以加入皇馬為畢生榮耀
只是看看近幾年隊上功勳老臣們的下場多數不甚理想
不免令人感到皇馬欠缺了些 " 人情味 "

主場比賽時，當球隊表現不佳
伯納烏充滿對自家球員的噓聲；卡爾德隆則多以鼓勵掌聲代之
與其說皇馬球迷尖酸刻薄，倒不如說是功利了些
在極端資本主義的價值觀下
" 花錢就是老大 " 這般的觀點確實反映在部分皇馬球迷身上
" 只能贏，不准輸 "
" 皇馬擁有最頂尖的球員 "
" 皇馬是全世界最好的球隊 "
" 我們是無敵的銀河艦隊 "

兩座主場滿載上限分別為八萬和五萬五千人
但看似總數居次的卡爾德隆球場裡
歡呼嘶喊的分貝數卻可和伯納烏抗衡，有過之而無不及

每當馬競出征，如隔壁鄰家的男孩們要登場了
街坊鄰居們自動自發、發自內心的替他們打氣
是的，歸屬感
馬競的主場比賽之獨到處，正是無雙親切的歸屬感
粗淺類比一番
皇馬為現代主義下所風行的國際式樣
馬競為後現代主義下追求的地域風格
並非孰優孰劣，兩者併同拼湊出馬德里的完整樣貌
它們分別暗示了城市所受的外在吸引，與內在所對應之拮抗

然而，平衡正被侵蝕
近年在金錢足球潮流的競迫下，馬競亦不得不稍向壓力屈服
某強國的王姓巨賈過去一兩年來注馬競以鉅資
短期內，要費托王子陪小朋友們圍爐年夜飯
翻新設備和償還債務等可能還察覺不出顯著影響
但假以時日，可無人說得準
只擔心身為在地馬德里人之傲氣
將自稜稜角角，漸漸的為之所消損耗磨

13

What if Vicky Cristina Madrid?

為什麼是《情遇巴塞隆納》而不是《情遇馬德里》？
姑且不論伍迪‧艾倫如何解釋，假如故事真的發生在馬德里
那麼橫豎於海報上的翻譯標題，更適宜改寫為 " 情慾馬德里 "
Vicky、Cristina 和 Juan 激烈纏綿一夜後即結束
什麼後續的情節均沒發生

並非意圖指涉馬德里是座慾望氾濫之都
她其實無異於其他國際性大都會
在過於喧囂壅塞的大道間，深陷了與之對比的疏離帶
疏離帶很窄，如幽谷，太多人寧可委身深淵之中取暖

屢屢於城市入夜後，原閃耀於日光下的保護色褪去了效用
我們因炫目的月光、星光、霓虹而不堪失眠
便群起闖入夜的迷霧，假想失眠是蔓延於城市中的緋色瘟疫

於是乎，在夜的馬德里
有人憑性愛滋潤乾涸的心靈；有人藉音符撫觸浮蕩的心靈
有人依酒精麻痺苦楚的心靈；有人賴無盡的聒噪逃脫囚於桎梏的心靈

城人非同源於甲蟲，可學會了如何脫皮
擠出的昨日之自己，是乾焦的髒黏皮囊，陳腐於城市不知名的隅落

也許我們將遺失一件件的衣物，於陌生人們的客廳
將一小部分自肩胛剝落的碎片，灑落在他們／她們的床前
頂熬著頭疼欲裂，埋怨燦爛晨曦與眼前朝氣蓬勃之初醒時分
卻是再怎麼也想不起，昨夕第四杯 shot 後所討得的所有歡愉

在馬德里
我們因近暱而冷落親密之人；因寂寞而擁抱陌路之客
非關反諷，也無關乎麻酚作祟致使思路不清
純因馬德里，讓人無以言喻的馬德里

What if Vicky Cristina Madrid

東方幾百里外，依傍著地中海的巴薩是否亦然如此？
不曉得，因待得不夠久，探得不夠深入
然看了好幾部以巴薩為場景的電影後
寧可相信那兒有著馬德里所欠缺的溫馴氣質
以之衍生，"溫馴"也被解釋為浪漫、濃情等等
恰好，馬德里過於剛硬
或者這麼比擬吧
巴薩令人一夜迷情；馬德里令人一夜情迷

來到馬德里的 Vicky 和 Cristina
大概光排隊等候 tapas，即可煞足興致
更別說懷有悠閒之情，細細品嚼火腿或蛋汁
她們可能到 Kapital 縱情狂歡，卻非因民謠旋律而鬆弛神情
她們會駐足著迷於格拉西亞大道上的印花地磚
而非草草行經鋪設呆板長方塊的卡斯蒂利亞大道

在馬德里
請別攻訐她水性楊花或鄙蔑他拈花惹草
情慾不比嗎啡，無以治本寂寞、煩憂
病入膏肓的軀殼、心窩，若追究起

那麼
都是城市惹的禍
都是馬德里惹的禍

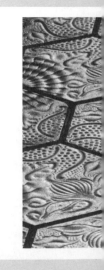

14

驚喜

印象中，所知道第一位講得一口流利中文的外國人，是個埃及大叔
沒記錯的話，他的漢名為王大力，是位導遊，曾在安徽修習兩年中文
作家余秋雨先生於千禧年前夕的文明巡禮之行中
埃及段的一小部分行程，即由他所義務協助導覽

若問我他在路克索神廟，或三缺一的阿布辛貝神殿前講過哪些故事
自知肯定是記憶斑駁了，可反倒鮮明記得他以中文說的極冷笑話

每每聽到外國人嘗試以中文與我溝通，不免備感溫馨
然而，有時 "溫馨" 卻臨得突如其來，甚至叫人措手不及

去年在維也納外郊的一處莊園餐廳裡，同旅行團團員享用在地料理
至大家都差不多用完膳，熱情的莊園主人背著手風琴彈唱了幾曲
所有人拍手叫好之餘均沒注意到
他悄悄吩咐了員工們自儲藏室裡推出小音響和伴奏機
緊接著，他以宏亮嗓門揭曉了下一個節目——來賓獻唱國歌

美國人率先上場，為數不多，不足十人的他們卻個個自信飽滿，一氣呵成
接著是加拿大約近二十人，他們稍稍靦腆，歌喉亦略顯羞澀，仍成功完唱
下一棒為紐西蘭戰士，同樣二十人左右，他們分別帶來英語版及毛利文版
然後是南非隊，區區五人，依然圓滿達成任務
依序登場的為氣勢最為龐大的澳洲軍團，五、六十人合唱，十足震懾

澳洲人們唱完後，全場忽然齊口同聲的喊道 "Taiwan ！ Taiwan ！ Taiwan……"
全場莫百人的注視下，我深呼上數口氣
為消弭緊張，特地先乾了杯龍舌蘭 shot 以壯膽後再硬著頭皮上陣
有別於其他國家的國歌有預錄伴奏，此刻，我只能完完全全靠自己清唱

片刻寧靜中，我走向麥克風，手心直冒汗珠
清嗓、試著緩下心跳，接著開口 " 三民主義……"
越唱越激昂，最後的 " 貫徹始終 " 索性向前闊步
撤去麥克風架，使勁握拳，聲嘶力竭的暢快唱出

全場旋爆以熱烈掌聲及歡呼，許多人紛紛向前同我擊掌亦贈上道賀
頃刻間，餐廳內的所有人為我這台灣小子的勇氣而瘋狂
亢奮氣氛中，望著張張熱絡面孔，發覺到眼角逐而濕潤
只是，不確定是因滿懷著感動，還是龍舌蘭恰好發酵起微醺

時值八月底的某天，維也納陰鬱如昔
我忘卻了確切日期，唯牢記那簇溫馨

15

分離主義大鬥法

" 9N！Si！Si！" 的標語在去年十一月的巴薩街頭隨處可見
象徵性的公投儘管意義大於形式，卻儼然是場暴力至極的寧靜抗爭
意圖將加泰隆尼亞自西班牙的管轄疆域中撕扯開來

打自去年的公投前，中央政府即已如坐針氈
不斷祭出各款法條、憲綱以打壓這股醞釀長久的獨立風潮
盡一切所能，阻止加泰隆尼亞成為伊比利半島上第四個主權國家

檯面上，馬德里和加泰相互鬥法；桌巾下，其餘勢力亦暗潮洶湧
北方以畢爾包為中心的強悍巴斯克民族
西北方的加里西亞自治區
遠在大西洋外海上的加納利群島
均不乏支持獨立分離的聲音，雖未必是主流
仍一定程度的反映出其民族對自主自治的渴求

這陣子，加泰議會通過獨立法案，正式宣布啟動獨立的程序
馬德里中央政府再度訴諸憲法，指責其違憲不合理
至於加泰最後是否會分離出西班牙，全世界都正觀望著
儘管戲才剛揭幕，但有很大的可能性，加泰終將走向獨立一途

欲獨立的一方，往往將 " 分離主義 " 銜在領上
輔以 " 民族自決 " 等口號以強化其正當性
關乎分離的各式說詞、理念，被紮束綑成一支 " 主義 "
企圖以合理的邏輯使大眾更將之當作一回正經事
然而，真的有必要將 " 分離主義 " 這一嚴肅的名詞置於優先順位嗎？
可回獨立的理由，只因單純的認定彼此沒這麼合適？
或是不滿屈居於畸形的主從關係中？

當然不行！因為我們活在現實世界

朋友 P 來自英國的雪菲爾，現就讀於愛丁堡大學
因此有權參與去年的蘇獨公投
他說自己自始至終均打定主意投 "No"
我們不是政治學家，亦非專長於經貿
可仍就去年那場牽動國際分離主義風向球的獨立公投交換上若干意見
" 正方、反方的意見均構築出堅強的假設
可到底蘇格蘭獨立後於其本身而言是利是弊，沒人說得準
畢竟那是還沒發生的事情
然而可以肯定的是，對英國絕對不是好事
必然造成國際聲望和經濟實力上的重傷害
講白了，我是英國人（British），我不希望蘇獨 "

相較於蘇格蘭至少能藉公投和英國政府進行一回辯論
加泰隆尼亞就只能自立自強的對中央放話了
好在加泰的優勢在於其經濟實力健全
不必如蘇格蘭般，考量到若獨立後可能面臨的財經危機
事實上，將富裕的加泰摒除，中央可是少了五分之一的財政稅收
等同斬斷了西班牙整體經貿的一支胳膊，其波及之劇烈可想而知
原本即不樂觀，近十年均低於 1%的經濟成長率，只將雪上加霜

九〇年代的分離主義，世人見證魁北克的獨立公投
此後的十幾年間
大眾則目睹了南斯拉夫聯邦逐而瓦解為如塞爾維亞、波赫、黑山等國家
烽火攜至創傷，創傷遺留陣痛，今日在陣痛漸癒後
幸而巴爾幹不再因分離主義而背負 " 火藥庫 " 的沉重指控

二十一世紀的頭十年後，分離主義風潮未歇
伊比利半島上的激辯依舊，甚至聲浪正悄悄席捲向全球
慶幸的是，雙方均以和平、理性的語調進行討論
而終究，加泰隆尼亞將為分離主義開拓新的註解
在分離主義的演進脈絡上，這將會是極具代表性的一役

16

新室友

" 書寫中文 " 是我的柔焦濾鏡，守護自己於馬德里仍保有自我
不至被漫天西文與生活所必須之英文所掩埋
每逢課堂，必以中文作筆記，一來順手，再者築起圍籬，隔出適宜的距離之美感

這幾天，新室友們陸續搬進來
昨夜，剛好大家均在家，便一道叫了外賣，吃了頓 " 晚 " 餐

J 是安達魯西亞人，個頭頗小，英文不大溜
與他溝通不免加以比手劃腳，若彼此聽不懂所言何謂，通常只好傻笑

MM 來自舊金山，修習藝術的他，全身上下佈滿自己設計的刺青
他解釋道自己的名字之所以讀起來、念起來都像西文
乃因父母是來自墨西哥的移民第一代
他打趣的說自己的西文已夠好，並不期待在馬德里還能精進多少

最後是遠道自布宜諾斯艾利斯而至的 A
我覺得她長得像潘妮洛普‧克魯茲
她則說大家更常講她有著凱特‧溫斯蕾的側臉
她熱衷捲煙草，於尼古丁裡捕撈靈感，旋即翩然作畫
" 所以妳是畫家？ "
她噘嘴，呼出瘦長白煙，不疾不徐的說
" 不是的，我在這唸的是電影戲劇，主修製片和攝影
不過呢，有時也會客串當演員 "

我們圍繞餐桌，在凌晨兩點吃起外送中式炒麵
搭佐廉價啤酒，以英文攪和西文邊吃邊聊天
背景音樂則為薄霧般的電氣爵士
如此氣氛下
我們將燈泡塗抹上色彩，使原本過於犀利之白牆染上淡淡的橘、藍色調
將刷毛地毯覆蓋上剛硬的磁磚地板
將一盆盆植栽陳列在牆縫已見裂紋的接角

A 點燃蠟燭，薰香隨之舞動，她拿起掛在房間牆上的烏克麗麗
慵懶隨性的盤起髮、躺坐在雙人沙發上
以指腹上緣撥動琴弦，哼唱諾拉‧瓊絲的《summertime 》
她的嗓子似靜置良許的粉金香檳，柔和的酥膩感逐而湧浸全室

下一曲，A 換彈從秘魯帶來的十弦琴
她的嗓音轉趨低伏，配合著 bassa nova 的旋律，以最感舒適的西文詠唱起
我們靜靜的聽
以為長夜為揮霍不盡的夏日狂熱
以為長夜裡的自己是某人所操縱的傀儡

歌曲的最後幾小節，我悄悄的取下眼前的濾鏡
撇見真實的馬德里彷若血盆大口
貪婪的吸噬人們囤藏在酒窩內的豐腴歡愉
躲回濾鏡後，同眾人們待在客廳
卻意識到眼前的景象於真實彩現下，將是多麼枯竭荒涼

17

蒙特拉街

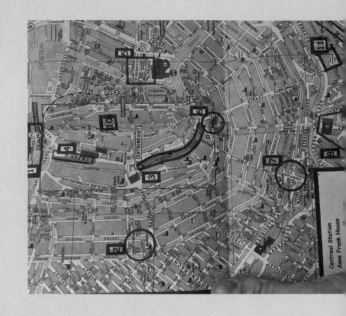

入夜後，半圓滿的太陽門廣場人潮未散，不時可嗅及酥柔的大麻味
自廣場連結向格蘭大道捷運站的蒙特拉街上，除兩側櫛比鱗次的餐館外
尚有三五成群、穿著皮衣短裙、頻頻向落單的獨身男子搭訕示意的阻街女郎們

諷刺的是，街上有間規模不小的派出所
警察彷彿無視在警局左右攬客的性工作者們
也遑論取締四處飄散的大麻菸

馬德里的灰色地帶似乎較廣，城市特有之曖昧令其更為人所玩味
大家常形容西班牙人浪漫，雙面刃的彼側則是隨性
在 " 西班牙時區 " 內，人們的生活節奏自成一格
一點半至五點半專屬午膳，睡覺前都是晚餐時段
午夜兩點就寢還算太早，十點後的早餐可有可無
在時區內，所謂 " 整點上課 "，代表 " 整點開始準備進教室 "
延遲個十五到二十分鐘開講再稀鬆平常不過

全程步行不至十分鐘的蒙特拉街，似阿姆斯特丹紅燈區的線性版
雖簡略許多，卻足以對照起阿姆斯特丹那令人驚豔不已的狂野風情

去年，和大夥散步於阡陌交通之運河旁的那夜，微風掃臨涼意
猶哀悼美妙夏日的餘韻正斑駁逝去
我們拉高領口，甚至挖出了埋於行李最下層的針織圍巾

河道旁的盞盞燈火、招牌依序點亮夜幕
若干劇場招牌上畫著類生殖器的暗示圖樣
領隊表示那是性愛秀的秀場
不外乎是找當地的夫妻或情侶，真槍實彈的在台上做給觀眾看
或是請專門的表演者表演些和性有關的特殊技法

順著運河續行，在城市裡，幾乎所有咖啡館均售有大麻菸草
不喜抽菸的，可選用含量較輕的太空蛋糕或效果顯著的布朗尼蛋糕
煙霧瀰漫的鬥牛犬咖啡館裡，我們挑近窗的位置，三三兩兩的分桌而坐
瞟望外頭綴爍著胭脂光暈的城市街景

光暈源於大面的櫥窗框，框邊纏勒著細長燈管
櫥窗內，靚麗女孩、冶艷輕熟女們噘著粉嫩翹唇，不吝展露馬甲下的姣好姿段
她們熟練的擺出誘惑姿態、淺挑舌尖的神情充滿暗示

朋友 PC 晚了一陣子才跟大家在咖啡館會合
只見他滿臉通紅，額頂直冒汗
大家問他五十歐花得值不值得
他脹紅著腮幫直說那是他人生最暢快的十五分鐘
滑稽的模樣惹得大夥哄堂大笑

笑聲很快即融入周遭的濃密煙霧裡
恍惚間已與之同為逸散至城市間
累遞為阿姆斯特丹與時遽增的瘋狂氛圍

較相前者，馬德里不是內斂多了嗎？
蒙特拉街也不過是城市裡少數的特例罷了
然 " 內斂 " 不等同於 " 隱沒 "，而是以另種型態彰顯
馬德里似乎以 " 曖昧 " 為藉口，將原本稍稍越界的 " 小事 " 歸類至灰色地帶
也算是默許了城市內各式小小的猖狂波瀾

不曉得是否因民族性所使然，還是拉丁人有別於其他民族的生活態度
抑或他們的 DNA 裡真的植入了 " 不拘小節 " 的基因
總之，和不大著眼於無關緊要細節的西班牙人相處起來
其實還蠻舒適自在的

18

交換生日記

每逢閒暇，國際學生們總下意識的成群找樂子
我們習慣找間學生酒吧，盤踞若干張長鐵桌
挨著低溫啜飲起價目單上最便宜的苦澀啤酒
義大利女孩 I 不知自哪冒出的點子，問大家小時候都看哪些卡通
我們望著彼此，誰也沒有想先應話的意思

I 皺了皺鼻尖，自己起的頭只好自己先答腔
猶記那夜近乎零度，可曝於刺骨寒風中的我們
卻是笑得眼淚都要嗆了出來

原來陪伴於我們童年左右的，為相仿的一批人物
我們紛紛爭相說最喜歡《德克斯特的實驗室》裡的哪項酷炫科技
談及最中意《海賊王》裡的哪顆惡魔果實
講著當初曾想收服《神奇寶貝》裡的哪個屬系
聊到想當《飛天小女警》裡的花花、毛毛還是泡泡
我們彷彿回溫了彼此童稚單純的面貌，並由他人的瞳眸裡望著久違的自己
重逢並不弔詭，惟是在千萬里外之異鄉的此際
伴這群剛熟稔沒多久的朋友的此際

對於當交換學生最初的想像來自 2002 年的電影《西班牙公寓》
來自各國的青年齊聚一堂，合租間恰好能容得下所有人的公寓
適應當地生活之餘，也學著何以接納各地間不同的文化、價值觀
過程並不容易，歧見更是發酵為笑料，替故事添色不少
可說是幽默的看待文化交流時所摩擦出的火花

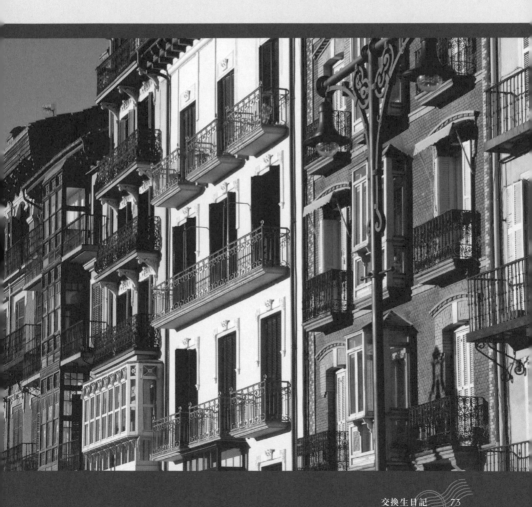

我們這群國際生實則並未真的住在一起
畢竟馬德里即為一室已令我們大呼滿足的溫馨公寓
principe pio 是我們的玄關
plaza de españa 是我們的客廳
La Castellana 是我們的長廊
la latina 是我們的廚房
外郊小鎮是我們盡情放鬆的露台

我們以義大利文、德文、西文、中文、波蘭文、泰文、法文講述同一則句子
再嘗試以彼此的語言複述
相互為對方頻吃螺絲的樣子逗得樂不可支
有人無法發打舌音、有人無法發喉音、有人無法唸ㄕㄘ厶

盤上的薯片見底,我們請服務生再送上一份
他問我們要不要考慮進到室內
夜裡確實很凍,暖盈盈的屋子很令人動心
可我們交換了眼色,很有默契的說我們更喜愛待在外頭
服務生歪著頸,不解的走回暖和的店鋪裡
僅留我們這群集結自四海的國際生
呵著熱氣,一派自若的品嚼著馬德里的寒夜
離家千萬里外的他鄉寒夜

19

昨日・今時

拉娜・德芮那句 " I feel so alone on the Friday nights "
唱得眾多棲居水泥叢林的孤獨城人們心有戚戚
孤獨猶月之盈虧。完滿時達練，懸缺時耽美
離別時的孤獨則是偏蝕般深邃

門廊薰焚安息香，枯老的木地板呈 U 字凹陷，上頭的砂灰殘喘餘燼
沿陰影的軌跡走至老城裡唯一的大街
其上鋪陳乳凝黃的光滑石料，若鍍蠟

夕日逾半浸入寶鑽藍的峽灣，拭去光暈的丘陵自底而上轉趨蒼綠
帆船紛紛歸港，殖民地白的船身上打照著薄薄餘暉
穹幕的色澤漸漸替嬗，黃橙鮭紅、橘橙蝦紅、麻黃丹紅、嫣紫彤紅、靛紫殷紅……

褐磚古城的最後一晚，PT 以一襲剪裁得宜的黑白條紋洋裝和可人微笑亮相
我們徒經城門直抵海濱，卵石岸邊浪花湧沫，似熨拓後的鏤空刺繡
迤邐數哩的磚堤上，PT 問我
今夜過後，是否也會將一部份的靈魂寄託在古城牆下
我未回話，僅將掛在頸上的環戒遞給她

華燈初齡，金蔥色的花火於主街上點點映漾
我們循著歌聲逡巡，穿越一重又一重民居間的棚架而走至街角
PT 眨了眨黛綠的瞳眸，再問我想要擁有擅於遺忘的天賦，還是過目不忘的束縛
我嘀咕半晌，說自己會記住眼前樂團那吉他的和弦及歌手敦實的嗓音
但將忘卻他們萊克布質地的衣裳和乾瘦削瘦的面頰
" 那妳呢？" 我反問
" 小時候希望能擁有過目不忘的天賦
我懷念洗過柔軟精的喬其紗曬在太陽下的味道
也對淤積有媽媽檀香髮嗅的蕾絲臥枕念念不忘
只是嗅覺的記憶，倘變質了自己也不將察覺
與其荒謬的以極其模糊的意象包裹意義非凡的回憶
我寧可躍入擅於遺忘的束縛裡 "

尖塔敲響整點的十二聲鐘鳴

我飲著以銀蕨拉花修飾的卡布奇諾，PT 淺嚐 92 年份的多布羅加紅酒

她自嘲的說自己來自盛名於釀造紅酒的地區，可對紅酒卻一點研究也沒有

迦納籍的店主人端著杯黑咖啡坐至方桌的一緣

他說自己深愛著古城

更愛著古城裡每一道因炸藥而仍隱然可見的瘡疤

PT 和我均耳聞過二十餘年前的那場戰爭

只是從未知曉，究竟老城裡的何磚何瓦新生於烽火之後

迦納人說著說著哽咽落淚

他講到自己在古城尋獲歸屬，可此前從未知悉城牆底埋藏的哀傷

爾後，他抽了抽鼻子，破涕為笑的說

也許老城的美妙之處

正是於老舊城牆的框架裡，牽連起原本素昧平生的彼此

幾百年前為此，數十年前仍舊

今日依然，往後如故

尖塔再次鳴鐘

子夜裡的天際線流失了距離間的親疏之別，是嫘縈、紡紗般扁平的線段交織

子夜裡迷茫於末夏歡愉的我們，軀殼裡的情緒幻暢萬分

軀殼外的思緒同樣辨不清遠近，霎時篤信在幽玄的時間長軸裡可以隨性蹦跳

穿梭於已然踏足的昨日、或將蹣跚未知的今時

黎明前的最後一輪鐘響繚繞古城裡的大小街坊

我將行李拖至旅舍門口，於小巷的盡頭與 PT 擁別

她問道，若幾年後重返古城

將自詡以歸人或佯裝為過客

計程車駛向機場，於轉進蜿蜒山路的最後一處彎道前

我請司機稍停片刻

望著數箭之遙外的古城，此時她妝以青綠、胭紅、奢黃、棠紫

宛若花季裡芳秀錦簇的靜謐庭園

凝望著她，深曉這將是近未來間重逢前的最後一刻

邊城外天明在即，儘管城池裡的眾人，心裡是多麼的不情願

十二月————————————

Diciembre

2o

過客們

城市裡有許多專為外國人辦的活動，前晚在聚會上與盧安達大姊 G 聊天時
隨口問她在馬德里生活多年了，會不會思念家人呢？
她回道家人們幾乎全於二十年前的大屠殺裡去世了
因此自己能思念的選擇並不多
我趕緊為失言而頻頻道歉
可她卻從容的說那時才十一、十二歲，誰能記得那麼多？

成長於瀋陽的大哥 BP 在歐陸旅居了大半輩子
在都柏林十七年，在馬德里第四年
他說自己每年返東北一回，多是在夏季，已良久未在家裡過年了
"反正，人生超過一半的時間都沒在慶祝新年了，沒啥大不了的"他爽朗的表示

聚會上，還有許多人來自中南美洲，舉凡秘魯、厄瓜多、巴西和哥倫比亞等地
他們均以伊比利半島為逐夢的跳板，期許自己於歐陸能有所斬獲
往後退卻便為深洋，他們依憑相似的語言為火炬，探明前途、烘潤心窩

回家的路上，思索著方才的"失言"究竟起因為何
又或者，其實根本不算失言
不同環境下成長的人們，對彼此的認知本來即有限
換言之，更不易於以對方的價值觀思考事情
因此，有時無心的話語於是乎造成傷害

離鄉生活一小段時間後，於馬德里這迥異的環境中，每天均同 " 陌生人 " 打交道
更是體悟明自己看待世界的方式不過屬眾多視角中的其一
自己和他者並非主、客體，彼此間不存有 " 絕對 "，非似高低階級般僵滯

於我而言，樂於和外國人交流來往、彼此結交為朋友
若回溯初衷
擁有國際觀、精進外語倒還是其次
起心動念，純是希望能以適切的態度關懷更多不同背景下成長的人們
並探掘各個眾多生命歷程中的大小故事

同屬寄居城市的一群，外來者們以與當地人們截然不同的骨件構築自己的生活圈
我們沒有家人、故友，而是學著如何踏出鄉愁的羈絆、充實於城市裡的浮生終日
在也許有限的時日內
盡可能的認識新朋友、盡可能的將生活經營為多采多姿之貌

電影《我心遺忘的節奏》中
湯姆因立場的不同，而表現出流氓、聽話的兒子、曾經的音樂神童和回頭的浪子
當表現為其中一者時，其他的面向便很容易為人所忽略
正如我對 G、BP 脫口而出的語句，正刺中了他們藏於心底的情緒

次日晚上，夥同數個朋友至西班牙廣場對面山丘上的古埃及神廟旁聊天
我們登上起伏不劇的坡地
話題一路自各國大學教育體系至敘利亞內戰再到各國的內政、健保制度之利弊
英國男孩 P 大力抨擊對伊斯蘭國的空襲戰略，他說這並非根絕之道
波蘭男孩 B 說國內打算對未生育的夫妻或單身者增稅，用以補助予有孩童的家庭
他諷刺的說政府打算趁這波動亂局勢
大家無暇顧及波蘭時，悄悄走上過甚左傾的社會主義回頭路
德國女孩 R 對國內的難民潮及日益高漲的民族主義感到擔憂，同時提到健保
我則談及這陣子中國學生是否該納入健保所引起的爭端，和大學過於氾濫之現象

緊接著，我們均為英國極高昂的學費感到不平
大家你一言我一句的討論受教公平、社會正義和階級翻轉的必要性

我們當然明白
光自個兒在這清談無濟於事
然卻也珍惜此際暢所欲言的氛圍
不是嗎？感謝如此難得的機緣，我們能相互聆聽
從而以此為起始點
學習以對方的視角關懷世界、關懷彼此

21

長橋

和德國女生 N 一齊打西班牙廣場走回家的那晚
由於錯過了上一班夜間公車，索性依曼薩納雷斯河徒步歸返
沿途我們天南地北的閒聊，生活、興趣、信仰、取捨——生命中的取捨

N 主修文學和西班牙文，因此頻繁的交換至西班牙修學分
泰半大學生涯幾乎均於伊比利半島上度過
她說自己這回暫且離開了圖賓根大學排球隊的隊友們
重頭在馬德里和新團隊培養默契
今夏也未照舊夥老友們至漢堡度過夏天
"嗯……我今年也不會回德國和家人過聖誕節" 她補充道
"那你呢？你擱下了什麼？" 她問我

我表示半年見不到老朋友們，也暫且和最愛的幾家電影院絕緣
另外，農曆春節期間我也不會與家人們同慶
"你家人不介意嗎？" 她探問，我並未直截答覆，而是反問 N
"在國外一口氣待這麼長一段時間，難道家人、男朋友都不介意嗎？"

好陣子前，當好友 H 將啟程至國外以兩年的時間攻取學位時
我也這般問過他，有哪些事會是他放不下的
與其將之視為把問題拋擲出
實則問號宛若彈力球般，反彈正中自己的額頂

相較於離家至少兩年的 N 及 H
自己不過出來晃幾個月就回去了
" 放不下哪些情緒 " 於我，其實牽強居多
如果真要說，大概就幾位高齡的長輩吧

曾幾何時，輪到我們學習何以面臨人生中難以定奪的抉擇
兩全其美、多全其美均屬過份奢侈的遐想
意欲長期旅居外地，便得冒趕不上見摯愛親人最後一面的風險
全心專注於某些事情上，則必須犧牲與家人、故友們相處的時間
雖離以 " 減法 " 過生活的時候尚遠
可 " 取捨 " 這個詞彙本身即叫人難以下嚥

" 忠於自我 " 以及 " 自私 " 間的相似性有幾成？

當我們年歲漸長，世俗、家庭對我們的期待日益具象

世俗要我們從事 " 有價值 " 的生產；家庭冀望我們騰達、尋及安穩

當然，我們可以一巴掌拍翻所有自己不想承擔的 " 期許 "

以自身習常的步調，於跌跌撞撞中漸漸認識自我

然而，當有時不免回望著被我們甩到一旁的 " 期許 "

真有辦法心裡一點疙瘩都沒有嗎？

相關的激辯為無止盡的拮抗，是探不著底的深淵

我們永遠可能找到新的說詞以說服、推翻自身原先的立論

此番的思辨本應以十足的理性進行分析、比較、選擇

可往往最後驅使我們的，卻都是一兩項純粹、感性的動機

無關乎合理與否

又或者，這種充滿不確定性的思維

其實是個正當化替自己卸責的推託

過橋時，N 說家人們當然想念她了
但他們也很高興她在半島上將生活經營得有聲有色
N 自己亦很享受目前於馬德里的生活
" 唯獨一週三堂早八的課真是要我的命 " 她俏皮語道
" 你有早八的課嗎？" N 問

" 早八……" 我反覆自喃片刻
泛入思緒的首幅場景為熱騰騰的肉鬆稀飯、在搖晃的捷運車廂裡默記單字
最後是於第一堂課前十分鐘的空檔，在走廊上嗑起甜到發膩的罐裝咖啡
橋很長，足足跨越城市與郊區的分野帶
可惜，還不足令初抵的遊子們
挾從容姿態，再熨燙過一回收藏在心坎裡皺巴巴的回憶剪影

22

屠殺‧內戰‧集中營

價值的建立並非絕對,透過比較,方能定義出參考指標,判別孰輕孰重
生長於台灣的我輩,未曾遭遇戰火及高壓下的恐怖統治
的確較許多飽受動亂蹂躪之人民、種族幸福許多

十多年前,走進位於金邊的波布罪惡館的那一刻
初次對於"絕望"此一詞彙,建構起初步的輪廓
赤棉政權執政的短短幾年間
數以百萬計的人民慘遭處決或死於飢荒
此一"大屠殺",更將近乎一整個世代的菁英份子剷除殆盡

一幅幅懸在慘白牆壁上的照片、圖畫
將血腥、慘無人道至極的片刻凝凍於囚籠般的畫框裡
館內氣氛寡鬱沉迫,勁道甚猛烈的將觀者們拖入絕望、悲痛的煉獄內

去年夏天則分別經驗了納粹集中營和南斯拉夫內戰紀念館
參訪的集中營位在慕尼黑外郊
營區內完整的保留了二戰時期的配置格局和簡陋屋舍
館內關於處決、刑求的影像有限
占大宗者為詳盡的文字敘述、受害者們黑白泛黃的生活留影
和部分老舊的克難家具
營區內除了房舍外皮上的白色粉刷，以及小石子鋪堆成的灰色地面外
單調的低彩度意象令人感到暈眩、壓抑

放眼放去，房舍占地有限
其餘皆為荒涼數十載的農地，和不知用途何為的留白廣場
領隊大哥說離開前不妨彎下腰，拎顆石子做紀念
往後，逢感生活不如意，將石子拿出來看看吧
只要記得，我們日常生活中最糟糕透頂的一天
仍比集中營的受害者們最優渥自在的一日強上成千上萬倍

南斯拉夫的分裂內戰爆發於上世紀末的九〇年代初期
巴爾幹火藥庫裡，各勢力峰頭相互爭鬥，導致諸民族間彼此殺戮

博物館聳立於臨海的矮丘上，由碉堡改建
館內陳列有各式當時的武器、旗幟
更不乏受轟炸城市之枯槁焦土貌的寫實照片
幾座小小的視聽室裡循環播映著訪談紀錄片
集結了近二十餘年來珍貴的剪輯片段

那場分裂戰爭距現今，宛若回溯可及的昨日
當前三十歲以上的世代，不正生長自那場烽火中嗎？
不必追問他們對於戰爭的記憶尚猶鮮明與否
尋求回覆不過自討鼻酸

至於西班牙呢？是否亦然承受過類似的遭遇？
是的，1938~1975 年間的佛朗哥獨裁時期
對於這段歷史不甚熟悉
僅僅因電影《羊男的迷宮》而略覽當時的時代氛圍
佛朗哥雖以相對中立的立場
換得西班牙於二戰和隨後的冷戰期間，得以享有和平與活絡的經貿成長
然而其排除異己、鞏固自身權力的獨裁手段
正也迫害了不少異議人士，並阻礙了西班牙的民主進展

直至 1975 年佛朗哥去世後，原本避居羅馬的皇室方回國重新掌權
時任的國王卡洛斯一世爾後推展一系列的民主化程序
將權力和平轉移至民選的內閣政府
這才確立西班牙如今君主立憲制的政治型態

生在台灣的我們幸福嗎？
我們同樣也曾歷經如白色恐怖、戒嚴的時代
一段荒謬、無知、不知民主自治為何物的寧靜年代
前人們數十載的爭取令我們享受此時自由多元的社會氛圍
尤其放眼世界他處時，更能明白此價值之難能可貴

何謂 "幸福"？
也許這並不容易明確的定義或框出範疇
唯僅望我們均牢記往昔，坦然闊步
愛惜、珍惜此一滋養我們成長茁壯的島嶼

23

常民馬德里

前陣子因應設計課的題目
指導老師播放了紀錄片《一條大路通羅馬》給大家觀賞
依阿依阿咆哮的救護車，只要曾耳聞過想必終生難忘
世人喚羅馬為永恆之城，可我卻因這如此常民凡俗的片段將她銘記在心

說起羅馬
既有的印象往往為亙古的萬神殿、雕欄玉砌的教堂、永恆絕美的華麗饗宴
然而當今、日常的羅馬呢？
現前的羅馬人可能會提到環狀公路、王子托蒂或多數市民居住的拉齊歐地區
至於馬德里，摒除外人們均聽過的皇家馬德里、太陽門廣場和博物館金三角
常民的馬德里呢？
尖峰時刻乘客們前胸貼後背的地鐵、下午兩三點中老年人聚集抬槓的髒舊酒館
市民滿布的卡斯蒂利亞大道……

昨日西班牙剛結束大選，尋常的城人生活中激起了點不算劇烈的波瀾
在此之前的造勢活動熱絡否？
至少在馬德里並未騷起太大的轟動
生活於馬德里，城市與我始終保持著層間隔
似告誡又似哀勸外人如我，與城市間那禁絕踩踏的底線是不可逾越的

許多個夜晚，信步遊覽城市
懷著城人的心緒，可背負的為觀光客的庸俗名份
"夜"乃液，經洗滌後方顯現出城市最莽然純粹的形貌
任何稜稜角角、烏漬裂紋均毫無遮掩的誠實彰顯
然而，"夜"的效用再強，可洗不盡我們這群外人遙攜而至的俗艷妝奩

日常的羅馬生活，台伯河畔每逢夜晚便有著各式的攤位
露天酒吧將軟墊、懶骨頭置於蓬鬆濕濡的茵草上
人們將終日積累的疲倦攤在河床上，聞涓涓河鳴
水流劃開古城區與戰神之地，可切不斷世俗同遠古鄉愁間的牽絆
羅馬古城區畢竟占地頗小，即便是納入梵諦岡
於現今世人眼裡仍無異於彈丸之地
廣大的拉齊歐地區才是當前的羅馬
一個在歐陸也不過屬二線都會的城域

日常的馬德里，她承載的歷史並不沉重
西班牙的上座首都為托雷多
馬德里晉升首善不過是近五百多年來的八卦
其相對年少，亦因繼往的戰事而汰舊換新了若干回
不過，今日的馬德里隱然持有幾世紀來，自文藝復興起發展的脈絡痕跡

太陽門周遭舉凡 La Latina 區、Gran Via 大道旁的西班牙廣場、Malasaña 區等
均為觀光客熙攘之地帶
縱向的卡斯蒂利亞大道兩側為櫛比鱗次的博物館、公共設施和大片的公園綠地
城市裡的麗池公園和田園之家為市內兩處主要的綠地，皆同皇室有關
前者曾為離宮，自十九世紀始對市民開放；後者則曾為王室的御用狩獵場
田園之家面市區的一側為城市公園，背面依序設以動物園、遊樂場和環山步道

中產階級多居於城裡
為數不少的富裕階層於北區坐擁華廈、別墅
為數眾多的住宅群則分布於市郊
諸如 Colonia Jardin、Batan 和 Usera 等

羅馬的冰淇淋 Gelato 名聞遐邇
世界各地常可見打著其名號的分店，馬德里也不例外
可在馬德里的 Gelato 味道並非這麼 " 道地 "
我寧可視之為馬德里特有的風味而非劣質的複製品
非為僅模擬型態卻空乏內涵的精神
而是針對馬德里人所製的特調口感

在日常的城市裡，小街小巷也許比繁華大道更具魅力
無論羅馬、馬德里或其他諸多城市均是
日常生活總具股蠱惑旅者的魅力
因其誠懇、無欺，宜人萬分，且粗礪溫暖

24

丘壑

之前在事務所實習時，一次跟老闆去新莊看基地
來回車程共約一個半小時裡，從頭到尾音響播的都是同一首歌——山丘
車上的年輕人們都要昏昏欲睡了，唯五十餘歲的老闆始終聽得津津有味
隨後看過了歌詞，淺顯易懂，並非多麼深奧拗口
只是當句彙串為歌詞，搭佐音符後彷彿變得字字珠璣
我是怎麼聽也聽不出老闆那興味，呈現不出他那陶醉不已的神態

前陣子看了《紙上城市》，影畢後胃中似翻攪起染霉綠的舊報紙團
若是五、六年前，自己肯定會愛死這部關乎揮灑青春、關乎叛逆衝撞的電影
可此刻所見的，不就為一群趁著高中畢業前發起冒險的小孩們
名為冒險實則為胡鬧
然而，的確在那段年紀裡
大家心裡不外乎均持有個不知所以然，卻願死命緊守的處世價值

之前同室友們一起在家裡辦了個派對，並各自邀請朋友們前來
當晚小小不滿二十坪的公寓裡擠滿了約三、四十個人
朋友、朋友的朋友、朋友的朋友的朋友
那刻曉悟了自己已在馬德里建立了生活圈，甚至是有了幾個慣常報到的地點

派對好不熱鬧，我們特地借來小型音箱，使之令樂曲的重低音鳴揚至極致
雖已同多數鄰居報備，可惜最後仍有一位隔壁的大姐受不了，揚言要報警檢舉
大家只好拎起瓶瓶罐罐，摸摸鼻子轉戰別處
室友 A 的朋友領著大夥至不遠處的座小山丘上
頂頭視野頗佳，足覽河岸沿線及更遠端的皇宮華殿

寒夜裡，輕輕呵氣所冒的煙，比深吸口萬寶路再吐出的更為厚重許多
我們將所帶來的瓶瓶罐罐在公園塑料桌上一字展開
啤酒、威士忌、龍舌蘭、琴酒、伏特加、萊姆酒、白蘭地、香檳……
所謂把酒言歡，骨子裡我們非意欲爛醉
圖的僅是朦醺之際暢所欲言的歡愉罷了

河岸景緻於夜裡美不勝收，點點光火迤邐爍綴於堤床
又或倒映於凝如膏脂的烏亮河面上
只是我們無太多心思細賞，亦無暇顧及些微卻精巧曼妙的幻化明滅

在場的眾人均二十多歲，正是仍可嘻皮笑臉面對“人生的難”的時候
眼前每座山峰巨險，於十幾二十來年後再回首，也許只為小丘座座吧
對多數的我們而言，過於寒寂的 " 老、病、死 " 僅為突發的單一事件，尚未成常態
此時，大家因各自的緣由於馬德里齊聚一堂
有幸將一段年輕可貴的歲月寄託在馬德里
似儲蓄般，殖利則為終其一生，每每因對城市的回憶而激盪乍現出的靈感
若是問我在馬德里獲得了什麼
老實說自己反而會以相反的角度思考
也許重點在於為了獲得而付出的犧牲
在馬德里，必是捨棄了某些事物，方能迎納湧自城市的源源活水

獲得了什麼？
獲得了捨棄、獲得了淘洗後的空缺，獲得了"負"
獲得了明瞭所謂"獲得"並非生活之無雙必要成分的認知

近凌晨，大夥將晶瑩、晃亮的瓶瓶罐罐擱下
三兩成群的步下緩丘，攜予絲毫醉意和暖烘烘的身子
懸陽熨在天邊，城市醒明在即
不久後，環擁馬德里的山丘將豁然可見
然待我們翻越的山丘呢？

25

窺聽者

上回與朋友們一道至電影院看最新一集的《飢餓遊戲》
講英文帶些腔調的波蘭女孩 PP 一時口快將 "hunger game" 説成 "hangover game"
瞧眾人笑得樂不可支，她假裝一派認真的説這沒啥大不了的
反正她以自己濃厚的波蘭口音自豪
接著又表示道波蘭的伏特加可一點也不比俄國的遜色
" 那怎麼分辨兩者呢？"
她轉了轉明亮的大眼睛後説自己也不曉得
" 可是……，若喝下了六杯 shot 後還沒倒下，那就是俄國人了"
她半開玩笑的直言道

和大夥相處幾個月下來，彼此間不免有意或無意的道出關於自己的往事
匯串成輯，也許取自酒酣耳熱之際、也許擷於比肩同行之時

一次和德國女孩 R 同搭輕軌回家的路上，聽她説了自己間隔年的故事
R 染了頭與眾不同的赤紅髮，眼眶上總壓著粗厚的眼線
她住在紐倫堡附近的城鎮，高中畢業後曾至澳洲打工度假一年
擔任管家的她那陣子每天替屋主打掃、整理房舍，頗單調

R 擅長排球，專司舉球員，目前更加入了學校的排球隊並成為主力之一

" 本來我打算唸體育系的，直到在峇里島的一場意外迫使我改變了決定

那時騎車出了車禍，不巧折斷手腕

由於當地的醫療網絡並不健全

所以耗了好長一段時間才從事故地抵達醫院接受治療

只是手術開得並不確實，從此以後便留下了後遺症

不能長時間提重物，患處也不能被重擊

因為受了傷，等待復健期間錯失了術科考試，只好另謀出路了

想起自己還蠻會畫畫的，再加上對於藝術、科技均頗感興趣

最後便選擇建築了 "

英國男孩 P 表現得不拘小節，實為粗中帶細，心思頗是細膩
他當初申請上了英國最好的建築學院之一——倫敦的巴特雷建築學院
可竟因漏收了通知報到的電子郵件而與它失之交臂
他表示自己起先當然很嘔，不過現在反而感謝自己成為了愛丁堡的一份子
於北地裡此一美好的城市展開自己的建築修習
" 要是我真的去到巴特雷，必定被電慘了 " 他自我揶揄的說道

關於 " 命運 " 一詞，抱以寧可信其有的心態，雖未必知悉其中幾分真假實偽
一味鐵齒，也許無助於我們坦納生活裡無論順逆的大小事

波蘭男孩 B 說道自己曾赴華沙 " 進京趕考 "
可之後明白原來在申請入學的制度下利益網絡盤根錯節
出題的老師在外兼職，刻意地透露可能的題目範疇
想當然爾，多數外鄉與試的考生們只有吃鱉的份
他最後就讀於弗羅茨瓦夫的建築系，屢屢以卓犖的手繪技法驚豔眾人
耀眼的才華亦令當地的西班牙同學們瞠目結舌

墨西哥男孩 JF 借住在馬德里北部的叔叔家裡
他個性開朗，總是聚會裡炒熱氣氛的開心果
和他並無共同修習的課程，全是學期初某次因緣際會下才熟識的
他說自己樂於接受挑戰，於是打定主意於交換的這一學年完成畢業設計

美國女孩 MZ 是波蘭裔，成長於紐約的布魯克林
說得一口流利的波蘭語、英文，更以自己的波蘭背景為傲
她學了幾年西文，這是她在雪城大學的第一個學期
新鮮人的生活首先在馬德里度過
她表示美國大學生蠻喜歡選擇來西班牙當交換生
在於高中選修外語時，西文總是最熱門的選項之一
換言之，他們之中不少人其實已與西文打有多年交道
流利與否乃其次，至少有著根基，來西班牙後有助於較快適應環境

漸漸的
我察覺自己是個竊聽者
偷取故事，走私其中豐沛多彩的情緒
馬德里如寶庫，滿載而歸從來都不是目標
而是盡可能的貪婪，貪圖擷取更多、更多……

也許近未來、幾十年後
自己曾不經意與朋友們提及的隻字片語
將成為他們所訴說的故事的題材
這豈不十分有意思
我們是怎麼樣的人，不再只由自己對自己的認知所定義
亦因他們對我們所拼湊而出的意象而臻於完滿

26

行旅前夕

喜歡氣球嗎？
喜歡的話不妨到 Callao 廣場逛逛
那常有抓滿一大束氣球向遊客們兜售的小販
若一口氣買下整束，抓緊斑斕的氣球串
能否飛越城市漂浮至綺麗的夢奇地

" 飛越城市 " 的具體意象能比喻作旅行
學期近尾，數週餘的聖誕新年連假裡
國際學生們大家回家的回家、旅行的旅行
留在馬德里反成了沒多少人傾好的選項

和兩位老朋友 H、O 將會合於格拉納達
合租輛車展開南西班牙的公路之旅
在西班牙，大家總戲稱馬德里人是正經的西班牙人
加泰隆尼亞人是浪漫的西班牙人
唯南部安達魯西亞地區的居民才是正港的西班牙人
何謂純粹、正統？秉著好奇至那一探究竟
或許能從諸多個城市、小鎮中理出個脈絡也說不定

安達魯西亞自治區內，其主要的城市舉凡格拉納達、馬拉加、哥多華
以及大家因《塞維利亞的理髮師》而耳熟能詳的塞維利亞
一直到旅行的前一夜才訂妥機票，才剛訂好機票又趕緊出門與朋友們會合

隔天起得很早，其實幾乎沒睡著
先是與仍在馬德里的國際生們夜遊了一番，不知連假過後還有多少人將留下
朦朧之間，於晨曦中回到家
全身油膩不堪，轉開暖氣倒頭便攤在窄小的、丟滿衣物的被褥上
身軀倦的類爛泥，神志清醒可如浸於澀醋
撐張著眼，床底下為收拾得不大像樣的陽春行囊
渾沌近兩三小時後，匆匆淋了陣熱水澡，便急忙趕往機場

暫別馬德里、暫別共同廝混上好一陣子的國際學生們並不會太難受
主要乃因即將見到的，是久違的老朋友們

關於旅行，我想說的是
獨自與結伴總考驗著我們對於旅行的認知
也迫使我們需不停的就 " 旅行 " 籌理適宜的定義
扣問自己為何旅行以及旅行何謂

行旅數回，最常呈托至心頭重溫的僅為三段獨特的經驗

2011 年的暑假，與社團朋友們結伴闖南台灣，四天三夜的高雄、屏東之行
那年大夥剛自升學考試的桎梏內解脫，出遊彷彿為未道出的默契
大家很快的敲定了時間與行程
唯一的難處大概是如何開口向家裡討那兩三千塊的盤纏

在高雄的第三夜，降下滂沱大雨
猶記大家騎著車沿路找超市，以購足烤肉食材
眾人渾身濕漉、狼狽不堪，卻仍笑得樂不可支、樂此不疲
冒著輪軸打滑、感冒的風險，事後至今我們依然為此津津樂道

第二回也是在夏季，2013 年與幾個高中時期的老朋友們遊至東台灣
一樣為四天三夜，台東與綠島
那是升大三前的暑假，即將進入大學生活後段的我們意識到之後將愈發忙碌
於是乎各自擠出空檔，東拼西湊的才撮合出多數人均有空的時段

在東台灣的最後一夜，大夥錯過原定的火車，只好改搭下班次於午夜啟程的列車
我們沒有位置可坐，克難的分別找車廂間的連結處將就著睡
隨便捲起夾克便躺在冰涼涼的地板上頭
似睡非睡的自台東晃回台北車站
抵達後大家硬撐起眼皮，非得在麥當勞吃些東西後才肯解散

爾後，的確如大家所料
彼此間難以排訂出均有空的時間一道再次出遊

110

到達格拉納達時，行李出了些問題
陰錯陽差的被拖寄到米蘭
一時之間也無法領到行囊
只好請櫃台人員幫我把行李再轉寄到塞維利亞
等事情好不容易辦妥後，步出航站時天已將黑
城市因即將臨至的聖誕節而於街道上銜滿各式造型的花燈
如同馬德里般，滿溢的過節氛圍熱絡起寒冷氣候下的市容

城市裡，主要的大街後即為古舊的小街巷道
待 H 前來的片刻，我隨興逛了逛廣場
思考著自此際起可能長達三週餘的旅程，又將衍生出哪些含意
自己甚至還未將行程的後半段安排好呢

多次旅行後
也許這回可以嘗試走一步算一步的旅行模式
別被已預訂好的機票和住宿給綁住了
再者，現在並非旺季，行程安排肯定有一定程度的彈性
是啊，" 旅行 " 本身並未如此絕對
重要的不正是遇見了哪些人、和其他人間產生了哪些故事嗎？

27

安達魯西亞

旅行時我們總會遇到各種人，更將因此竊取不少精彩的故事
在馬拉加的那晚，同希臘女孩 MA、荷蘭男孩 C、K 聊天
我們談到希臘的近況，MA 推了推鏡片說仍十分不樂觀
尤其自去年起一連串的選舉鬧劇後
人民也對是否該繼續信任政府產生莫大的迷惘
她說大家都知道希臘的失業率高得嚇人
可實際局面可能比大家知道的還要更糟
主修文史的 MA 苦笑著，表示剛畢業的自己，已一腳踏入失業聯盟的陣線了

在哥多華遇見的印度大姊 AS 可是病入膏肓的旅行癮者
她任職紐約的哥倫比亞大學，是位核子物理學教授
每年除了固定有八個月在授課外，其他時間全花在旅行上
對於多種語言均稍有涉獵，如德、西、法、阿拉伯文等，連同豐饒的行旅經驗
儼然是本旅行的活字典，受在場的許多年輕旅者們推崇不已

夥 H、O 的安達魯西亞之旅頗是愜意，H 全程開車，O 排定多數的行程
自己則是以破爛不堪的西文負責問路、點餐、買東西，分工可是十分明確

馳於悠長公路上，車內我們輪流當 DJ，車外天頂總是晴空萬里
秀朗的蔚藍蒼穹上，色彩飽滿的不甚真實，如精心調配的色澤
可癡迷的仰首上望時，卻又絲毫找不到破綻

沿途除了連綿伏丘與較遠處若隱若現的迷霧山巒外
不時便有一大片剛結嫩果的橄欖樹
我們將車停在一旁，徒步探入比人身略高的樹林
旋即嗅到撲鼻的陣陣野橄欖香

安達魯西亞省內的每座大小城鎮均有其迷人之處
O 是影集《冰與火之歌》的死忠粉絲，因此特地在行程表上添了奧蘇納
當初整個劇組進駐小鎮拍攝，還在一間餐館與主廚留下合影
想當然爾，當天的午餐我們便至那間館子造訪

行程中的另一座小鎮隆達歷史悠久，古城牆尚勾勒出城市與原野的交界
我們於那裡度過靜謐祥和的平安夜
四周的峽谷飄蕩著冬風的回音，彷彿那餘音已繚繞許久
其內蘊涵著古往今來的各式聖誕祝賀

一週多的安達魯西亞之行，最教我們回味無窮的就屬塞維利亞了
待上整整三日，住在 O 訂的間舒適公寓內
觀賞道地的佛朗明哥舞蹈、登上教堂頂端俯覽這座為人醉心的美麗城市
甚至巧遇了熱鬧非凡的民俗遊行

漫步在燦爛陽日下的塞維利亞街頭
兩側各式老屋改建的咖啡廳、古拙小店、器物飾品行等櫛比鱗次
每踏一步均讓人感到心曠神怡
我問 H 是否想過期將臨至的歸限，還是說他已暗自做了打算？
H 如往常般一派開朗的回道自己思考過各種可能性
"但是，能不回去就不回去囉！" 他爽快的說
O 則表示在巴黎的學程告一段落後將先回台灣
假使 H 最後決定常留外地，那便一齊想辦法在異鄉生活了

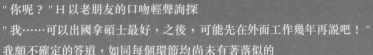

"你呢？"H以老朋友的口吻輕聲詢探

"我……可以出國拿碩士最好，之後，可能先在外面工作幾年再說吧！"

我頗不確定的答道，如同每個環節均尚未有著落似的

是日下午在皇宮內散步時，不斷想著每逢回答關乎"近未來"的話題時

何以總無法像H、O般篤定、自信？

漫漫長途上，我們遭遇一個、一個又一個旅人

聆聽著一個、一個又一個全盤迥異的新故事

有些人藉此更認清自我，明瞭自己適合與不適合什麼

有些人則因此萌生更多遲思，反而疑慮朝哪裡邁進好

自己肯定是後者吧

但也沒什麼不好，期許到達一個閾值後便將茅塞頓開

將先前累積的厚實經驗化為助力，全心全意的對某件事傾注全力

只是誰知道呢，期望及現實間總隔著點落差，千萬別踩空跌疼了

旅行的路上，為故事滋養著，也許源自熟人也可能來自生者

竊取故事是一回事，可竊取之後又是另一則新故事了

我們以故事灌溉故事，將無數篇故事中的句段羅織為網

打撈回憶深洋裡結晶成珠的珍貴遺寶

一月 ————————————

Enero

28

貝爾格勒

下午經過貝爾格勒市中心時
赫然看見一棟被炸掉一大半的巨型大樓橫豎於大道上
長方形的大樓中間全毀，新的道路自其間貫串通過
戰爭結束於 1999 年，十多載過去了
難道市府、市民寧可放任它如此突兀的占據城市的一隅嗎？
亦或著，他們將之視為另類的紀念碑
以此緬懷所有在那烽火連天的數個月內所逝去的人事物？

拍了幾張照，將疑問先哽在喉頭

一回到青旅趕緊詢問了在櫃檯值班的 IV

IV 是在地人，一看到我秀給她看的照片即熱情的分享起

她說市政府打算著手重建右半部的廢墟，曾與開發商接洽過

計畫多年了，只是經費一直撥不下來，畢竟國家的財政預算並不充裕

"那左半部呢？"

"左半部太大了，我們目前還沒這麼多錢，再等等吧"

"這棟房子怎麼被炸得這麼慘啊？"

"因為它是曾經的國防部呀"

和 IV 長談起，她大我兩歲，父母分別為克羅埃西亞人和波士尼亞人

她出生於波士尼亞

兩歲那年，因擔任陸軍的爸爸被轉調至蒙特內哥羅，因此舉家搬遷到那

"六、七歲那年，南斯拉夫分裂內戰爆發

還記得某一夜，隔壁的大樓被炸坍了，媽媽要姊姊和我連夜打包

打算天一亮就逃至塞爾維亞

我天真的把泡泡糖和餅乾全塞進小背包裡

懷裡緊緊抱著交換禮物得來的泰迪熊

我媽歇斯底里的問我帶那些沒用的東西是要做什麼

隔天天一亮，我們就搭巴士北上了"

"那妳爸呢？"

"他失聯了一陣子，我媽每天都著急地打聽消息

可時值戰爭，軍隊裡的消息無法順暢的傳遞至民間

好在他最後與我們在貝爾格勒重逢

此後我們便居住在城市裡，少說有十五年了"

" 妳對 99 年的空襲還有多少印象？ "

" 那時我們年紀還小，淘氣又幼稚

屢屢警報響起時，緊張崩潰的只有師長

我們拿著背包邊逃到防空洞邊嘻笑，將之當作遊戲般

北約雖針對首都裡的重點標的轟炸，然仍將整座城市搞得人心惶惶

誰知道下一枚飛彈會落在哪裡？ "

" 你們這一代憎恨北約嗎？ "

" 嗯……這很難説，如果説恨，那代表排斥了大半個歐洲

況且真正主導這場轟炸的為美國

與其討論對過往的恨意，眼前還有更嚴重得面對的事情呢 "

IV 頓了會接著説

" 如今塞爾維亞的前景非常不樂觀，國家不斷的沉淪

大家都知道遲早會完蛋，只是時間早晚的問題，泰半的年輕人均想往外國跑

大學裡甚至還開設有以德、俄文教授的學程，助那些打算出走的人提早做準備

舉例來説，我姊剛從貝爾格勒大學的醫學系畢業

全國一年超過七百人自醫學系畢業

其中至少三分之一憑政府提供的獎學金完成學業

可如今畢業後政府卻未替他們安排職缺

更糟的是，醫院裡往往都是累積了好幾個缺額才補進一人

間接造成醫療照護品質低落

我姊現在賦閒在家，儘管她完成了七年的醫學專業養成

若是她到了國外就職，待遇至少三倍起跳

其實，西歐國家蠻歡迎專業人才

偏偏國內在養成人才後竟沒意願留下他們，真是蠢透了 "

" 那妳呢？同樣打算一走了之嗎？ "

IV 抿了抿嘴，滿是無奈的點了點頭

" 政府對此都無所作為嗎？"
" 我有投票權八年了，可一次都沒去投過
因為怎麼換都是那群老人，再選也沒多少意義不是嗎？"
接著，我問她覺得自己是哪國人
IV 想了想，直言自己是塞爾維亞人
" 你們這代會希望前南斯拉夫諸國重新團結起來嗎？"
" 對於父母分屬不同國籍的人而言，是的
但對於父母為同個國籍的人來說就不見得了
不過大家都明白這是不可能發生的
再者，幾百年下來各族間相互通婚
除了宗教和腔調不大相同外，大家其實都長得一個樣
所謂孰親孰疏真有那麼絕對嗎？"

那晚的最後，大夥在溫暖的客廳裡喝著斯拉夫人特有的純釀 Rakija
在戰後已沉積十餘年的和平中講述著那彷彿歷歷在目的近歷史
烽火已歇，殘骸盡沒
可在如今二十歲以上一代人的印象中
有些傷痕、難以揮別的夢魘如當初剛按下快門的泛黃照片
也許對照此際看似事過境遷
可之中的情緒只有半島上的人才明瞭

29

關於旅行，我想說的是

人生由無數的生活片段織紉組成，而生活片段則由無盡的情緒拼湊媒合
所謂情緒也就我們所知的那幾種類型，其中以 " 失望 " 居多
並非因生活的質感惡劣化了，而是因可著墨的事多了起來
自然而然感到失望的頻率於是愈發頻繁

在塞拉耶佛的最後一日，出門前向青旅預定了前往布達佩斯的巴士
櫃台大哥說並沒有此一路線，只能自札格拉或貝爾格勒轉往那
他說最遲晚上八點前要給他回覆，沒那麼急，考量個一整天都行

昨天才剛離開貝爾格勒，轉了一圈又回去感覺蠻蠢的
至於上回拜訪札格拉已是近七年半前的事了，只待一晚又說不大過去

城市裡灑下柔和的陽光，塞拉耶佛沐浴其中
融雪之際，日光下的城人們仍裹起厚實大衣、圍巾、毛帽
城域不算大，雖貴為首都可人口不足百萬
在史冊裡總因身為一戰的開端處而被記上一筆的塞拉耶佛
輝煌之餘其實不若想像中那般年邁沉重

老城區接壤新城區
樓房風格漸變之態於行走在街道上時並不顯著
似乎得一直到了 BBI 購物中心前的大廣場時，方有踏足新城區的感悟
隨後市容的構件轉以鋼筋、帷幕居多，戶外空間更為空曠、道路更加寬敞

連續逛了兩座博物館
第一座國家自然科學館尚可，真正引起共鳴的為第二座戰時文物收藏館
波士尼亞獨立戰爭時，城市曾一度遭塞爾維亞的軍隊圍困長達兩年半
期間物資匱乏，各種慘絕人寰之事均悉發生於二十年前的此地
哪怕現今市容已被妥善翻修
填平彈孔、補齊破碎的玻璃窗後，斷手缺腳的傷害卻是一輩子的
恐懼驚嚇造成的創傷得花多少時間才有辦法撫平？

我想起前夜 IV 跟我說的一切，彼此為敵的雙方，仇恨本非屬於大眾
少數權力階級在利益爭奪下翻起的餘波，令多數的人民苦不堪言
可他們往往視之而不見，為了利益寧可將多數無辜大眾犧牲為炮灰

那晚意外睡得很沉，連夢也沒做，直到隔日早上七點的鬧鈴響起
我拖著早已收妥的行李下樓至櫃台，坐在絨布沙發上等小巴司機通知櫃台

那一刻首次對這趟旅行發上牢騷
首先是對今明兩日總共至少十六小時的冗贅車程心生煩厭
再者則因或多或少竄過心間的孤寥情緒
我一向以喜歡獨行、享受孤獨自居
然在第一次離開舒適圈這麼長一段時間後，始反思這種堅持是否尚有必要
當 " 孤寥 " 逼至某個臨界值時
才能體悟自己心中究竟空下多少位置，多少專屬於 " 獨處 " 的空間

什麼是獨處？
周遭都沒人講中文時是獨處
整座城市均尋不及台灣餐館是種獨處
在絡繹壅塞的大道上放空為番獨處
也許與他人團聚時所獲取之鮮活能量
終究只為消耗在下回更長久更決斷的獨處上吧

朋友們往往問我為何慣於獨處、鍾意寂寞
以往總說不出個所以然，只得推託說是個性使然
這半年來，醒悟到原來於我而言
" 獨處 " 並非完全的與世隔絕、將身心靈均牢鎖在矩櫃內
而是於那獨處時分與回憶裡的人事時地物聚首、敘舊
正因如此，自己才熱衷於電影、小說、旅行
竭盡所能的捕捉更多的文本、情節
再趁著獨處時同它們談上一回、一回又一回

想起這趟未完的旅程之種種
也思考著和哪座城市、哪群城人們較為談得來
又或者和城市不甚親近
卻和城人們聊得特別投緣

心裡想的其實是貝爾格勒
旅行城市期間，幾座博物、美術館均處閉門修繕
更因適逢東正教的聖誕節慶，城市多少趨於平淡、恬靜
惟所遭遇的城人們令旅程添色良許
在 Hostelche 工作的 IV、ZJ
結伴同歡的芬蘭女孩 ES、PS
年紀輕輕卻閱歷老練的在地人 ST
如學究般有點古板卻知識淵博的美國人 AT
言行舉止吊兒啷噹、酷愛重金屬樂的巴西男孩三人組

城市的故事為人著迷不已，縱使字裡行間偶爾令人感到鼻酸
說不定我前世是南斯拉夫人吧
否則何以對前南斯拉夫諸國秉著如此濃厚的興趣與鄉愁
又怎會下意識的於冰天雪地的時節裡走訪貝爾格勒呢？

許多事情無法以邏輯解釋
緣由蘊含在情緒的沉洋底而難以察覺
討厭 " 失望 "，卻也珍惜以居多 " 失望 " 所拼裝成的人生
因為這樣的人生再真實不過了

我們均該自勉為夢想家，但千萬別只活在夢裡
真實雖粗糙，卻充滿著溫度

30

嗑到荼靡

PW 是加拿大人，年長我四歲多
住在尼加拉瀑布附近的一座城鎮
教育系畢業後在國內找不到心儀的工作，因此選擇到海外當老師
PW 說自己已經在科威特工作三年了
" 在那該死、乾熱得不像樣的沙漠國度裡奉獻整整三年了 " 他調侃道

印象中，科威特因石油而致富
在那富裕的國度裡
多數人的生活樣貌不是我們所能想像臆測
完全免費的醫療、教育
優渥的社會福利制度，滿街跑的高檔名車……
以上可能均只為表象，對科威特老實說我近乎一無所知

PW 表示自己教授數學
" 沒什麼，初中程度的數學而已，有時我也兼授英文
你知道嗎，至歐美求學的科威特學子不在少數
再不然便是到他所任教的這種美國學校受教育
他們極度重視西方文化，因為跟他們做生意的都是西方人嘛 "

我們問他在科威特的生活過得如何
他想也沒想的了當回道
" 無聊透頂！
在那裡，酒精、香菸、派對、妓女、毒品全都被禁止
那是種平坦到無可救藥的枯燥生活
生活固然綁手綁腳，可收入是在加拿大的二至三倍
且一年工作七個月即可，不過……"
PW 話鋒一轉，竊喜之意挑上眉梢
" 以上的勾當我全都幹過
只要有管道，並非難事，一切均在檯面下進行，暗潮洶湧
總之，都只能在檯面下，別張揚，出了事誰也保不了你
我抽大麻、嗑古柯鹼、吸安非他命、食海洛英，嗨得很呢
使用毒品在科威特是死罪，我他媽照吸不誤 "

PW 講得一派輕鬆，似顯得毫不在意
可此番言論聽在其他人耳裡，均認為他簡直拿生命為籌碼遊戲人間

PW 看似光鮮亮麗的人生也許令不少人大為稱羨
可其態度，為貪得極端歡愉，而嗑到茶靡的人生觀並不為我所苟同

隔天在佩斯的街頭漫步時，想著自己所做過最瘋狂的事是什麼
潛水？高空傘？
連續四天宿醉至隔日下午？
在阿姆斯特丹抓狂似的捲起一管又一管的大麻菸草？

凡事均有代價，每個人心裡頭肯定有條自知不能逾越的底線
年歲增長、逐而明白對自己負責的意義何謂後
這條線亦越發明朗明確
可以無限地趨近，但千萬別跨越楚河漢界後的疆域

那夜近顛之時，PW 從行李夾層內掏出一小袋鋁箔紙包
現場在餐廳桌上表演起吸食白色粉末給大家看
只見他以信用卡將粉末理為一小列一小列的數排
以小指管抵在一邊的鼻孔旁，按住另一邊後使勁地吸氣
將蒼白的粉末嗑入鼻腔道內
緊接著他緩了口氣，仰頭朝上又呵了口氣，旋即睜開眼
瞳眸頓時閃爍晃亮

沒過多久，他的眼神呈現迷茫，似陷入迷幻深淵般飄飄然
隨後我們到青旅樓下的夜店續攤，才沒多久便不見 PW 的蹤影
大夥上樓查看，發現 PW 倒在床上，氣息頗是微弱，睡得靜如死屍
我們甚至還檢查他的鼻息確認他還有呼吸
深怕嗑到茶靡的他一個不小心便玩掉性命

PW 睡得好沉
沉得安詳
安詳得寧寂
寧寂得可怕
可怕得叫人不敢直視

我們繼續撐到了天亮

六點、七點、八點，再一塊出門去吃早餐

回到青旅時 PW 方睡眼惺忪的走出房門，髮如蓬草般凌亂

問他記不記得夜裡發生的事情，他慢慢的逐條細數，竟無一遺漏

我們全都難以置信，卻也勸 PW 還是少嗑為妙

PW 一派輕鬆的表示反正也經年累月了，自己還不是活得好好的

他深愛生活中的刺激事、生命裡的刺激活

尤其是懸在極限細索上的極端刺激感受，直說那尤為肥美可口

PW 是傳統價值觀裡所定義的壞人嗎？

不，他只是個會嗑藥的好人

他友善、慷慨、熱情，不時丟上幾個笑話讓在場所有人均開懷不已

具有種在短時間內，即可和人熱絡至無所不談的魔力

早晨的黑咖啡在眾人體內發酵
身軀雖疲倦不堪可神智還算清醒
PW 也清醒著
只是不曉得他體內尚有幾分藥效仍在血液內活躍
還是已隨逝去的長夜般流逝殆盡

旅行至今,途中遇見形形色色的遊人
每個他或她掌心內均溫熨著某些故事
PW 是我見過首位真的有在 " 嗑藥 " 的人
也是第一個樂於以性命為籌碼投擲賭注的賭徒

每個人都可自由的參與自己感興趣的賭局
無論輸贏,也都必須連本帶利的承擔甜頭與苦果

31

出走的女孩們

美國女孩 OF 五個月的歐遊即將步入尾聲
布達佩斯之後，她將前往巴薩和羅馬，接著回到美國
她與家人住在加州聖荷西，但在費城取得平面設計的學位
去年剛畢業沒多久後，即展開夢想許久的歐洲壯遊

如多數美國大學生般，她除了靠家裡資助部分學費外
同時也辦理助學貸款，生活費則靠自己想辦法
她申請到了獎學金，也趁寒暑假期間在校外兼了幾份差事
如在設計事務所任職助理或是業餘的成衣模特兒等
生活上，她總往便宜實惠的學生餐廳跑、想買衣服就逛二手市集
久久才和好姊妹們外出聚餐

旅行途中，有時靠打工換宿省住宿費，例如在布加勒斯特的那兩週便是如此
節流的祕訣如買一整條土司度過兩三天，白開水當飲料喝
先去超市買醉微醺了再上夜店，絕不在夜店裡負擔昂貴的酒水

笑容陽光的 OF 個性開朗，活力充沛
問她回國後有什麼打算，她毫無壓力的說
" 再看看囉！
先找工作吧！反正又不是沒經驗
之前實習期間，有次組長因事請假
我可是自個兒把整個案子扛下來呢 " 她自信十足的表示道

OF 說自己樂於闖出舒適圈，這令人完全信服
從西岸跑到東岸唸書，再橫渡大西洋行旅至歐陸
才二十一歲的她，心靈上的成熟度遠遠超越她的實際年齡

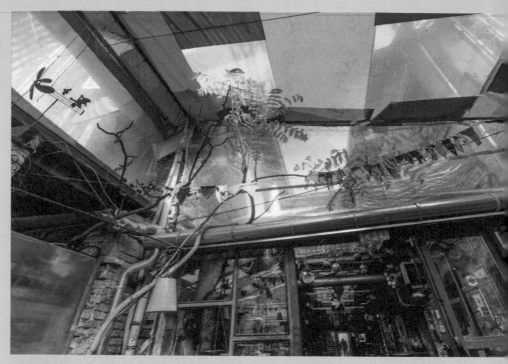

自布達佩斯返馬德里的那晚，回到公寓後提著行李走進一樓的大門

後頭一個女孩跟在我後面也走進了公寓，見到我先是友善的同我打過招呼

她也正要上樓，於是便跟在我後方

只是樓梯很窄，僅足一人通行，她只好一直走在我後端無法超車

待我至家門口時，她仍跟著我

本以為她是住在隔壁、素未謀面的鄰居

沒想到接著她竟拿出了鑰匙幫我開門，又順手替我把後背包提進了客廳

" 謝謝，嗯……妳也住這裡嗎？" 我狐疑地望著她問道

" 嗯哼，一週前才搬進來 "

" 那誰搬走了？" 我摸不著頭緒的問

" MM 搬走了 "

" 他搬走了？天啊，還沒正式跟他說再見呢 " 我略帶不捨的說

" 他和同學搬到 La Latina 那帶去了，不過他還是很常回來這裡跟我們瞎混

別擔心，百分之百會在週末見到他的 " 她微微笑道

" 噢，對了，怎麼稱呼？" 我將笨重的行李置於一旁後，坐在軟墊椅上問道

" 我是 M "

" 妳是……英國人？" 聽著她的口音，我半猜測的探問

" 嗯，我之前住在英國的肯特，離倫敦約四十分鐘車程 "

M 一頭亮金長髮，鼻翼高挺，雙眼稍細長，長得又高又瘦

她的嗓音稍低沉，輕柔緩慢

當天晚上，室友 J 的朋友們來訪
大夥在客廳撬開一瓶又一瓶的啤酒鋁罐，搭佐近期熱門的曲單
似個小型的舒適派對

這時我才發現原來 M 說得一口流利的西文
對答如流且與西班牙人們有說有笑
" 妳也在馬德里唸書嗎？"
" 不，我在這裡教英文 "
" 那妳的西文怎麼講得這麼好？"
" 因為我已經在馬德里住兩年了，所以或多或少能以西文溝通 "
" 兩年……妳幾歲啊？妳看起來很年輕啊 " 我不大好意思的問道
" 前陣子剛滿二十，我是 95 年出生的 " M 回道

M 自白道自己其實是波蘭人，在華沙附近的城鎮出生
直到十歲時才跟隨父母舉家搬到肯特
高中沒唸畢業，年紀輕輕的她，隨即毅然決然的離鄉背井至外地靠自己生活
" 為什麼是馬德里？"
" 我也不知道，有種說不上來的感覺，想也沒想即來到了這裡
由於同屬歐盟會員國的關係，居民可以自由遷移

所以程序上也沒有太多的障礙，主要是申請工作簽證 "
她又說道自己的職務類似特聘教師
在城市裡的三所學校輪流教學，主要是國小、國中的孩子
她不用自編教材，學校購有制式的教科書

" 妳喜歡教書嗎？"
" 還好，主要是將就著賺錢生活下去囉 " 她又輕又緩的表示
" 我很欽佩妳的所作所為，年紀輕輕的就勇於完全獨立自主
相較於此，我都二十三了還在靠家裡的資助求學、生活 "
" 別這麼說，每個人的際遇本來就不同，我不過是喜歡自過自的日子罷了
有時我覺得自己太快就長大了
失去了童年、青少年時期，無憂無慮的甜蜜歡樂 "
" 那我豈不成熟的太慢了，仍跟小孩子沒兩樣 " 我自嘲的說
M 笑了笑，答道 " 那沒什麼不好的呀
我們不都彼此羨慕，仰望那些自己心頭上所空缺的凹陷 "
" 妳有想過之後要做什麼嗎？若有天妳終將離開馬德里？"
" 還不曉得，我想去旅行，可是擔心因盤纏耗盡而困在別處
此時此刻我還是會留在馬德里吧，先存筆錢再出發
我想去法國、德國、義大利、美國、泰國、日本……"
M 以慵懶的嗓音細數著，語調裡依稀可聞二十歲女孩專屬的浪漫情懷

當 M 說著心目中的旅行清單列表時，心裡不免感到陣陣酸楚和難受
想說些話可欲言又止，彷喉嚨裡結有硬塊
為自己不費吹灰之力即攬得的豐饒旅行經驗而感到罪惡

OF、M 的人生經驗是特例嗎？
不，這才是歐美青年的常態
以人為鏡，可以明得失
OF、M 似明鏡，與她們談話的同時
自她們的瞳孔中望見了自己，瞧見了自己那不堪入目的原貌

32

馬德里風情畫

馬德里每天掃起五十萬支菸蒂,燒至近濾嘴的、還剩一小截的、尚存一大段的⋯⋯
步行於城市裡,隨處可見的菸蒂,可說是城市中一幅生動非凡的常民寫照

描述城市的切入點非常多,舉凡食衣住行育樂等,均可衍生出一種觀點
取捨之間,關乎的便是融入城市的程度深淺
大都會如馬德里,無可避免的,居住於中的成員們有一定的比例是過客
是的,非馬德里人

生活了一小段時日後,發覺城市裡的過客們主要分為幾群
首先為西班牙境內其他地方的國民,他們因求學、工作而遷居馬德里
或因婚嫁而轉居於此
再來是來自中南美洲的過客,憑藉相吻合的語言為基樁,以伊比利為逐夢的跳板
另外是歐陸各地前來的 Erasmus 交換生
以及世界各地移居至馬德里的學生、工作者

究竟，生活在城市多久以後，過客們終將轉化為馬德里人呢？

得生活多久，我們才能換下走路喀拉喀拉響的高跟靴，換上平穩的帆布運動鞋？

得度過多少日子，我們方可卸下華裳，穿起舒適自在的居家服？

得歷時幾輪寒暑，我們將察覺行道樹上葉片的色調遞變？

又得數過多少時歲，我們才得以具有城人們獨到的情致

在午後時分，嚥下冰涼沁喉的淡啤酒

股著頰上的紅暈，在街道上迎著微風陣陣，全然未感鄉愁？

馬德里如同一個巨大的符號

底下蘊藏的符旨、符徵對許多過客們而言

也許終其一生亦探尋不盡

在眾多個夜不成眠的夜裡，只是一股腦地出門去

在夜裡的城市中遊蕩，卻從未認真追究起失眠的緣由

捐棄了理解 " 馬德里 " 此一符號的契機，純為她所綑綁、束縛

每每與室友 A 聊天或和 J 比手畫腳試著溝通時
不免羨慕他們的母語即是西文
比起許多過客們，他們能更妥貼的融入馬德里
可是另一方面，卻又想到若自己的西文好到如本地人般
那麼，平日所聽見的西文語句會否因其庸俗的內涵
而失去了語音、語調上的美感？
本因聽不懂而對西文所產生的遐思，是不是也將蕩然無存？

前陣子評圖前夕，筆電竟出了毛病，試了好幾回均還是無法開機
不斷蹦出的故障視窗直令人惱火
無奈之下只好背起笨重的電腦包，搭車到 Usera 的中國城找人修
跑了許多家烏煙瘴氣的電器行後，所得到的回覆不外乎都是
" 修不了，只能重灌 "，" 先幫你拷貝吧，可不知道修不修得好 "
交圖的時限迫在眉睫，我坐在路邊焦急的直冒汗，心裡滿是無力感
那個下午大概是整整好幾個月來，首次對馬德里心生怨懟
隔了好幾天後，想起焦坐在人行道上的那幾十分鐘
城市其實並未有任何改變，只是情緒干擾了觀看她的視角

偌大的城市裡，說不定 " 個人 " 一點也不重要

少了某某某或多了某某某對整體而言可能沒多大差別

云云大眾生活於其內，構成了一禎禎畫面鮮明的馬德里風情畫

可個人對城市的情緒投射似乎僅表明了自身內在的心意

城市本身並非由此而定義

將她比喻做一棟巨大的房舍

入住的房客們可以依喜好粉刷擺飾

甚至敲通隔間，或切分出不同的房間

可僅此而已，傷筋動骨的折騰活非由城人們所定奪

馬德里秉持著自身一貫的架構、骨骼、體態、外輪廓

似乎不因其內襯為何而有所更善

過客們之於城市何嘗不是如此？

我們之中的許多人永遠不會是馬德里人，儘管我們均以很馬德里的方式生活著

參加過好幾次城市裡辦給外地人的活動後，的確是有機會遇到熟面孔的
說不定持續、頻繁地參與了各種活動後
將察覺會參加這類活動的就是特定的那一群人
一群外來且對城市懷以熱情的過客們
過客們聚在一塊，到底是藉此相互取暖，或是認定這乃融入城市的方式？
至於所謂 " 在地 " 的馬德里人
於我們聚會歡談的同一個時間裡，又正在做什麼呢？

馬德里昨夜偷偷的落下毛毛瘦雨，水滴自石板磚街面滑至低窪處
悄悄的匯集為屣弱的水流，沿著街道的軌跡曲繞至曼薩納雷斯

河流不算長，可未知其起源與終向為何處
其所劃經的城市邊緣又倒映了哪些城市生活的篇幅
倘若泛以扁舟，水流將帶著我們前往何處？
更深入馬德里，還是遠離馬德里？
天飄細雨的此際，一葉扁舟會否搖擺不定？
猶疑著是將溯流而上，還是憑任波動而自在漂流

千里外的多瑙河可是直截了當多了
執槳而上為布達佩斯、貝爾格勒、順流而下是維也納和巴伐利亞
遲疑彷為多餘，不若曼薩納雷斯般優柔寡斷

雨下了整整一晚，也許吧！
至少滴答的聲響於就寢前尚依稀可聞
明日地磚上又將呈以怎樣的花紋呢？
A 說她並不會特別期待，J 表示說不定將稍微留意
天亮後，馬德里的人們會留心雨漬書寫的隨筆嗎？
那些為之端詳良許的城人
是否同我一樣均為乍抵城市的過客們，背負著日趨緊迫的歸期

馬德里的生活邁入尾葉，攤開層積了好一陣子的生活片段
一張張如明信片般排列整齊
有的為圖畫、有的為文字、有的兩者兼具、有的純為靈光一閃下的模糊殘影
望得入迷不打緊，惟切記於曙光曝照前收拾妥當，置回蒭草編織的素袋內

雨島歸限，待返至潮濕親切的嶼島後，期望集結成綑的寫照上
色彩仍飽滿、字跡仍清晰、殘影未經渲染

不打算將它們釘立在白牆上
因關乎馬德里的一切，安存於床扉內，即是對它最好的珍藏了
是啊，我們永遠不會是馬德里人
儘管我們均曾以很馬德里的方式生活著

33

派對野獸

馬德里是場永不止歇的派對，雷射光、乾冰、各款酒精、各式音樂、香水、慾念……
紅男綠女們穿梭於夜晚的城市內，流連於一場又一場五光十色的派對裡
派對文化在這裡非常普及，跑趴、上夜店實在稀鬆平常
狂巔的一夜後，明天的事姑且明天再說
大不了，戴上大副墨鏡，頂著宿醉與倦容熬過漫長的一天

馬德里的派對選項繁多，夜店、屋頂、戶外廣場、泳池、家庭派對……
音樂的類別諸如拉丁、浩室、出神、電子、流行樂等
在那一場場的華麗饗宴裡，我們將於震耳欲聾的分貝中慢慢流失自我
抑或在汗水淋漓的肢體擺動間對自身增添了一抹認知？

一回和西班牙朋友 DS 約在酒吧外碰面
想說先喝個若干杯，再想想晚點做什麼好
到達酒吧門口，他說先等個一會，他的另外兩位朋友也將一塊過來會合
隨後，美國男孩 S、L 便出現在我們面前
短暫寒暄後，我們點了一冰桶的啤酒喝了起來
近晚間十一點，S 和 L 說他們尚有一小群朋友正趕過來
於是我們轉移陣地至 Gran Via 上的另家戶外酒吧與其他人集合
S、L 和他們的朋友們全為美國人，且就讀的均為同一所位於密西根的大學
同我一般，申請到了交換至馬德里一學期的機會

幾冰桶的啤酒下腹後，我們一行約十個人再換至另一間酒吧—— Irish bar
憑藉在街口拿到的折價券以十足廉惠的價格兌換了新一輪的酒精
Irish bar 內一片烏黑，微弱的幾盞燈泡只夠照清杯緣的形廓
架設於四周的音響放送著當季最風潮的派對組曲
吧內各個陰暗的角落傳來此起彼落酒杯相觸的清脆聲響
其間夾雜著豪邁的歡笑、熱絡的交談、吞下酒精的咕嚕聲

我們找到了兩張大空桌
恰好容得下所有人手中的一杯一公升啤酒和伏特加 shot
"乾杯" S 率先舉起純清透明的伏特加對眾人語道
"敬馬德里、老朋友、新朋友！" 我們舔掉了撒在虎口上的鹽巴
一口氣嚥下辛辣的伏特加後，趕緊咬住檸檬片以緩和旋然燒起的炙燙感

一公升的啤酒並未拖延上多少時間，我們又點了第二輪、第三輪
直到感覺聽到的音樂轉趨凝滯厚重，大夥方微醺的一一起身準備離開
步出大門前，每人又各自追加了兩杯特別招待的 shot
一甜一苦，飲入後只覺感官頓時敏銳尖利，說話前則感到語塞

夜尚早，對於酷寒的天氣我們不以為意，一路嬉笑胡鬧
夥同沿路上眾多的男孩女孩們，將阿爾卡拉街吵得喧騰鼓沸
S 除了和我們一齊打鬧外，有時則低頭查看手機裡的地圖，以校對我們的路徑
" 交給他吧！他會帶我們去有趣的地方的 "
高個子的 L 語句不甚俐落地笑著說，語句頗黏稠
走著走著，和其他人也聊了起來
女孩 H 其實是交換到里昂，趁著連假來到馬德里與眾好友們會合
接下來打算啟程往摩洛哥與羅馬
女孩 AL 主修生物化學，期許畢業後能申請上醫科
她又說最懷念的東西是媽媽特製的美乃滋醬
最受不了的為每週兩次的普拉多博物館參訪課
" 去到都膩透了 " 她打趣的埋怨道

S 在一處大道前的路口停下腳步
搔了搔後腦勺又看了看地圖後說 " 就是這裡了！"
不必由他講明，對街大排長龍的人潮便已替他說明一切
夜店外滿載的人行道上，精心穿著打扮的派對野獸們各各爭奇鬥艷
將原本平凡無奇的人行步道綴飾的活脫如星光大道
我們並未至隊伍的尾端排起，S 已預約了入場
門房查對過名單後，爽快的手一揮便放我們一行人進去

夜店的規模大得誇張，七層樓均滿滿是人
我們先是寄放了外套，隨立刻至樓上的吧檯注入更多的酒精
一杯又一杯的 shot 後，原本的暈眩感愈發強烈
只是在輕快、熱情、愉悅的拉丁電子舞曲的催化下，一切彷彿如此的迷幻暢快

主舞池內我們盡情地舞動、跳躍、抬高手肘嘶吼
須臾間，感受不斷拉扯著
是潛入深洋般寂靜無語只聽得見自己的呼吸
似曝曬在暖陽下般宜人熨貼，又若失重時無拘無束般的舒展

迷迭、茉莉、羊齒、柑橘、蜜果香、古龍水瀰漫於舞噪的人群中
女孩們婀娜多姿的搖曳著，男孩們同重低音一齊搖擺
乾冰、煙霧四起，成束的彩燈折射於舞池內的肢體、面孔
閃爍的光線將知覺切碎為短暫的凝滯片段
明滅間眾人盡興的抒發著情懷、情緒、情愫、情慾
舞池內，派對野獸們舞動、聞嗅、撫觸、依偎、呢喃、擁吻、密暱……
狂熱的氛圍下，野獸們本能的撩起頭髮、緊貼雙臂
令節奏牽引起姿態，令時醒時頓的知覺恣意放縱
深深的徜徉於迷幻的螢光水池內
除卻了愉悅，其餘的詞彙均傾瀉至雲霄外

丑時、寅時、卯時，待台上的 DJ 播完最後的曲目後
大燈打亮夜店內的每個角落，野獸們紛紛現回原貌
一張張面孔非為扭曲、猙獰，移卻了迷幻昏黑的遮掩後
臉孔的線條分明，微微泛起倦容然神情仍亢奮不已，為自己狂熱的一夜喝采著
年少不羈的肢體上，又燙下一幅新穎的刺青
待圖案匯集為圖騰，衣物再也遮蓋不了後，男孩女孩們終將再由野獸回歸為人形

在馬德里，嬰兒成長為孩童，孩童發育為青少年
隨後青少年進化為各式各樣的野獸
也許夜間才現形，也許終日呈其貌
終有一天，幾年、幾十年後，青春野獸們狂傲不再時
野艷妝容與厚重髮膠亦隨之脫落，只是所回歸的人形再也不將容光煥發

城市裡的中老年人們，想必都銘記自己曾化為野獸的那段時日
可也許並不覺得有必要加以緬懷，那不過是生命中一段必經的章節罷了
有時不經意的想起時，不免偷偷冒出微笑，然欣喜並未掀起過甚的波瀾

父母看著孩子們化身為野獸時，是否也多少見到自己曾經的模樣
想起早前自己也嘗過的迷幻、狂野、歡愉的甜頭
以及那無數個頂著晨光，搭第一班地鐵回家的日子
頭疼暈眩可滿心充實的日子

城市裡永遠住著一群野獸
在那永不止歇的派對裡盡情地揮灑著青春

請別稱之為荒唐
馬德里的派對文化
為人沉醉、迷戀、流連
令人歡心、愉悅、暢恣
也教人懷念、刻骨、銘心

這是馬德里的片刻
亦是馬德里的永恆

34

西班牙公寓

室友們如家人，若運氣好遇見叫人懷念的一群人
最早的三位室友為美國女孩 OU、TJ、LK
OU、TJ 同我是為期半年的交換生，LK 則在這教英文
我們差不多在同一時期抵達馬德里，剛好租到同一間公寓
OU 和 TJ 常不在家，因她們尚有另一大群均自美國來的朋友
她們經常跑各種活動，因此跟她們同處屋簷下的時間並不多
LK 往往和同事們外出，或三不五時邀請幾個同事到公寓裡聚會
我們彼此見過幾回，可不算熟識

之所以和 OU、TJ、LK 未深交的主要原因，乃在於她們只住了一個月就搬走了
事情早有徵兆，她們常找我一塊抱怨房東的不是，及埋怨他如何占我們便宜
很快的 OU 與 TJ 率先發難，選了一晚叫了輛計程車，想早日搬離這是非地

她們從房裡拖出早已收妥的家當，大包小包的自公寓離開
我和 LK 一道幫忙搬行李，伴她們走至街口
TJ 面容上滿是無奈，皺著眉頭說道
" 很高興認識你們，只是房東實在太令人難以忍受了，後會有期 "
個性強硬的 OU 先是嘟著嘴咒罵了一番
接著奉勸我們也趕快搬出去
別再任憑房東為非作歹了

我不知如何是好的笑了笑，同她們擁抱並互祝好運
接著目送她們上車、遠離
一週後 LK 亦偷偷地搬到男朋友的住處
臨行前還託我保密，別向房東透露她搬到哪去了

直到公寓再次客滿前，整整近一個月只有自己住在裡頭
感覺頗怪的，有時屋內竟寂靜得詭異

好在之後搬進來的新一輪室友始令公寓有了家的感覺
彼此間在往後的數個月裡亦逐漸培養起若家人般的情感
無論是阿根廷女孩 A、美國男孩 MM、西班牙男孩 J 或之後才加入的波蘭女孩 M
我們有著濃厚的默契，更常一道覓食、聊天、嬉鬧

和 A 最常一起靠在鐵門旁抽菸，還得小心別讓煙霧飄入室內
她常跟我分享最近在跟誰約會、進展得如何等
自己雖給不了什麼意見，可仍不忘偶爾就此戲鬧她一番

與 MM 的話題常圍繞著音樂、電影打轉
或聽著他訴說最近又做了哪些瘋狂事、發掘了哪處新鮮地
他如同我們間的拓荒者，替大夥開展城市裡還未知的荒蕪帶

和 J 之間縱使有著語言上的隔閡，可他仍很樂意於生活上的大小事助我一臂之力
諸如和鄰居溝通、到超市買菜、西文考試前臨時抱佛腳等

M 的工作時間比較隨興，因此我們大概是最常同時在家的兩個
與她之間總是談著旅行、生活與對於近未來的各種想像
有時是慵懶的癱坐在沙發上時，有時是夜晚信步於街頭之際

電影《西班牙公寓》系列的第二集《俄羅斯娃娃》中
早已分散各地的室友們因一場婚禮又重新聚首
也許吧，五六年後，我們可能重逢於布宜諾斯艾利斯、舊金山、加的斯、肯特
或某個現前尚未著眼的城市
雖已多年未見，曾經的室友們仍因往昔的同居歲月，而具有種難以抹滅的革命情感
重聚的經驗無雙獨特，我們可能因故搬家而不斷的遇到新室友
因此誰都無法保證，合拍的一群人能住在一塊的日子可以持續多久
分手後，一週、一個月、一季、一年、十載後
重逢將為何種場景誰也無法預測，惟情緒均將為之而雀躍不已

室友生活中，也存在著許多現實的面向
得分配打掃工作、有著良好的衛生習慣
尊重對方的生活調性、確保彼此的私人空間等
有時當然會產生摩擦、不愉快
好在我們均尚年輕，對生活懷有一定程度的彈性
也明白同居生活最重要的便是彼此協調
尤其於異地生活的此時，明瞭到我們所擁有的、最類似家人的就是室友了
於是乎會更在意彼此、珍惜這特定的時空

一回，MM 正於伊斯坦堡交換的表妹 IC 來訪，帶著女孩 KM 一道來家裡作客
MM 拿出了媽媽寄來的餅皮，夥 IC 一起下廚，替大家準備了一桌豐盛的墨西哥料理
香噴噴的米飯、扁豆、燉肉絲、金黃酥脆的玉米餅皮、生菜沙拉、果汁、汽水、啤酒……
小小的方桌上塞足了極為滿盛的食物，色香味俱全

西班牙公寓

我們七個人縮起身子擠在方桌各端

接續的傳遞餅皮,捲起內餡,大口的嚼起捲餅

A 再次點燃了大家第一天見面時的精油蠟燭

盈盈燈火間我們望著盤中堆得宛若小山的食物

又瞧見了彼此於燭光烘托下的面容

於那一刻,深明往後自己將對此場景而魂牽夢縈

於爾後的日子裡懷念著這美好的佳餚、美妙的時分、美麗的一群人

幸運的是,雖然室友們搬出去了,可依然不時回訪,或邀我們去他們那拜訪

有時還會約新朋友、新室友們一起過來

MM 的新室友 AM、SA 均為美國人

今年是 AM 在馬德里的第三年,SA 則於馬德里將滿兩載

J 的朋友 GP、MG 則分別為英國人、墨裔美國人

四個女孩均在這教授英文,同時講得一口流利無比的西語

我們還一起出去吃過飯呢

起先熟識了室友，接著因為他們而接觸更多的新面孔
朋友圈於是漸漸擴大，在這原先人生地不熟的遙遠異鄉，是再窩心不過了
亦令生手們對於城市的情愫愈發濃郁

一晚，在房裡做作業時，MM 突然自樓下大喊我的名字
探頭一看，只見他興奮的叫我別宅在房裡，瞧，大家都在客廳這
直要我撇下作業，只管過去加入他們
我笑了笑說自己正在做重要的作業
話還沒說完，他仰頭道 " Boring ！" 聲線拉得老高
無賴地命令我馬上闔起筆電下樓去，先跟他們喝杯琴酒再說
" 只喝一杯噢！" 我比出手勢道
他看也沒看一眼即催促我趕緊下樓

步下狹窄的旋轉梯來到客廳，A 播起音樂輕巧的舞動著
J 則套著厚重的毛帽盤踞了整條沙發，享受的蜷在毛毯內一言不發
MM 興沖沖的替大家斟酒，從櫥櫃裡小心翼翼的拎出專屬我們四人的小圓杯
我們輕輕地互道乾杯後溫吞的一口口啜飲起不足 30 c.c 的琴酒

A 將我們紛紛自座位上拉起來同她一塊舞蹈
佐以柔和的阿根廷樂曲輕鬆的隨興搖晃
接著，我們逗趣的將浴巾包裹在頭上，佯裝成神祕的阿拉伯人
嘻嘻哈哈的嚥下剩餘的若干滴酒精

MM 問我之後何時將重返馬德里
我搖了搖頭說誰知道呢
" 只希望下次回來時你們都還在這 " 我說
J 拍了拍胸脯保證絕對沒問題，任何時候回來他都在這
A 遲疑了半晌
直言自己不排斥嫁來馬德里，難得害羞的頰冒緋暈
MM 嘀咕了幾句，要我還是去舊金山找他比較快
並承諾若我到了那，肯定歡迎去住他家，他們全家必將盛情款待
微笑地看著他們，一一謝過眾人的好意
同時表示倘若來日他們拜訪台灣，自己一定會是個稱職的東道主

我們向著彼此，萬分珍惜如此溫馨暖心的時刻，亦珍惜給予彼此的承諾
年輕時歲裡許下的承諾更為真切吧
不須顧忌無關緊要的算計，依憑情緒坦然的珍愛著自己喜歡的人、事、物
莽然卻也真摯無比

《西班牙公寓》系列的第三集《紐約愛情拼圖》
主角們度過了人生中的數幅光景後，於世界的某處重逢
自青年踏入初中年，也許軀殼因現實風霜而顯得老練世故
然骨子裡對彼此的感情仍純粹如昔
是呀，再也非朋友了，而是同家人般牢密

當初大夥初會的巴薩、重聚首的莫斯科依然是心思常回駐的驛站
曾經同居時各酸甜苦辣的片刻、相逢時胸懷內澎湃洶湧的情緒
對照此際闊別數載後的相聚，也許均不再重要了
打緊的反而是活在當下，感恩的活在當下

片尾的一幕裡，主角們齊坐在張長椅上，你一言我一句地聊著
期待未來的某一天，A、MM、J、M 和我亦能於世界的某個角落
一張桌子也好，幾支凳子也罷，閒話家常的談著天
也許，偶爾不經意地回憶起
我們的馬德里

35

告別倒數

離開馬德里一事真的邁入了倒數階段
浮日於街頭晃蕩、在家裡與室友們相處的時時刻刻均趨為異常珍貴
終於，自己像是旅人了，感受到時間的壓力，巴不得將清單上的項目一一劃除

清單上有哪些待辦事項？
諸如逛普拉多、蘇菲亞博物館等看似很觀光客，實則卻頗重要的行程
或是再至伯納烏看一次現場比賽，替新上任的教練席丹歡呼
再至那間常光顧的中式餐館、常去寫作的咖啡廳等

自己想做些什麼尚操之在己，可關於他人，對於大夥間的聚散可就無從著力
參加了德國女孩 R 的告別派對，這是我們這群國際生們，最後一回團聚恣意了
R 的離開只是一連串離別的開端，爾後往事待成追憶
我們特地選了間熱鬧的酒吧，企圖以不歇的酒精，麻痺即將襲來的感傷情緒
"微醺"迷人否？也許吧
它令原本緊繃的情緒得以舒展，將歡愉暫鎖在心窩內
令"告別"一辭暫時沒那麼討人厭

我擅長告別，儘管自身極度厭惡告別
之所以擅長，可能是緣由於已練習上一回、一回又一回了

派對上我們十餘人舉杯齊飲，嚥下一杯又一杯 shot，彼此擁別
任誰都明瞭，如今夜般的團聚於日出後即為絕響
下次回馬德里將是何時，誰曉得
眼前的這群人都不會在城市裡了吧

前陣子覆返巴薩，特地走了趟之前待過的青旅
闊別年餘，裡頭的工作人員全是生面孔
問他們認不認識前一批在這工作的人
他們說 DM 還在這，只是剛好這幾天回格拉納達度聖誕
回到熟悉之處最初備感溫馨，惜溫馨之情很快便熄滅
故友們均四散，徒存當初我們共同織紉巴薩生活的房室
猶如跪在地上挖掘埋藏的甜美回憶時
方知曉它們悉數過了賞味期

回憶之所以稱為回憶，正因如此嗎？
適於安妥在胸懷內當作暖爐
而非一味的反芻咀嚼

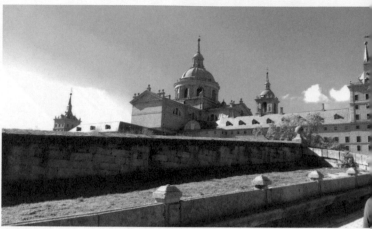

溯及昔日，自己也曾為生手
應付起告別總是措手不及，舉止滑稽不堪
想起了幾回難忘的告別，遙昔的、近來的
一三年在洛城，同旅行周月的夥伴們於電梯廳外互道珍重
七個澳洲人、一個英國人、一個德國人
剛啃完墨西哥捲的眾人有說有笑，可我卻不知該搭上什麼話好
Goodbye、farewell……字典內關於告別的句子不過那幾行
表達些什麼才好、才恰當呢？
我呆若木雞，杵在窄窄的梯廳裡傻笑著與大家一一說 goodbye

前陣子在巴薩同 H、O 告別
與 H 自十七歲即結識為好友
近兩年來他出國留學，負笈位於北地的斯堪地那維亞
自此後大概至少每半年才碰得到一次面，之前更曾一整年沒見到他
難得這次兩人都在歐洲，趕緊趁著聖誕假期
連同他在巴黎的女友 O 計畫了趟旅行
我們從伊比利半島的西南出發，終點於巴薩跨年

老友聚首，話匣子裡的話是怎麼講也道不盡
我們均將好陣子來所經歷的心路歷程分享予彼此，林雪坪的、巴黎的、馬德里的
別離於巴薩後，Ｈ和Ｏ啟程北返，我則踏往未完待續的旅程

Ｈ說沒意外的話九、十月左右，等實習與碩論都結束後，就要先回台灣蹲兵營
所以下次再見面又是近一年後的事了
那晚，向Ｏ借用她的電腦，後製了張與Ｈ的合照送他
想了半天，最後在照片上題了李白的《送友人》
照片修完後成品還不賴，黑白色調有些專輯封面的質感
只是見到成品時，自己心中並未有太多雀躍興致

離別前該有的情緒牽扯十足鮮明活脫，惟同先前無數次離別相比
此時的舉止不再滑稽無措，反倒顯得從容
到底 " 告別 " 於我而言意味著什麼？如何講述朋友們與自己間的親疏羈絆
能過於老練、過於圓順的向著 " 離別 " 不過因早先練習、揣摩過太多太多次
這並不值得驕傲，如同沒什麼好拿身上的傷疤說嘴一般

派對的尾聲，隨著酒吧亮起大燈準備關門，大家一一步上階梯
自地下的迷幻夢境中，返復地表上的現實世界
凌晨時分的馬德里寒酷異常
刮掃進街道的冷風是利刃，刺破了夢境裡縹緲繽紛的輕盈泡沫
我們驚醒，分不清究竟是爬出了夢窪的窟窿，抑或跌入更深沉的夢淖裡
倘若爬出了夢窪，何以四周 Malasaña 街廓裡的燈火仍無比暈眩爛漫
假使陷入了夢淖，那麼眼耳鼻舌間如文火般的麻燙感又乃因何而起

R 紛紛同大家擁抱
我們則絞盡腦汁的想出各式恭賀道別的詞句
是呀，R 的告別僅為開端
下一位離開馬德里的又是誰呢？
是誰都不重要了

不願想像下回返抵馬德里為何番光景
哪些曾熟識的人們仍將生活於城市，哪些場景將幾經更迭
告別馬德里，是的，這回真的要背道而馳了，再次與城市重逢更不知將是何時

一度誤以為 " 告別 " 總得悲愴得哭天搶地、心如千刀萬剮的才算夠真摯
只是隨著練習次數增纍，想著或者也能把酸楚熬疼，吭出也好吞忍也罷
但面容上試著掛起微笑，將情緒收納妥以免顯得踉蹌

離開馬德里倒數兩週
餘下的十幾天裡想必醞釀於胸膛的情緒會愈發雜陳

擅長告別，儘管十足厭惡告別

36

久違了，圖賓根

終於見到 F 和 D 了，前者睽違近一年半，後者更是整整候即兩年多
自馬德里出發的那天早上，頂起一身疲倦出門
沒帶行李，僅以一個沒塞滿的後背包充數便搭上了前往法蘭克福的班機
下機後先乘高鐵再轉平快車，到達時已近四點半

隨下車的人群自月台走到車站內迷你的大廳，高個子的 F 尤是顯目
我們笑著走向對方，臂懷張得老開
F 的容貌距一年半前改變些許
他戴起了粗框鏡片，下頦蓄起軟蠕蠕的鬍鬚

他向我介紹站在他身邊的 JI
JI 是他在法蘭克福自青少年時期即結識的老朋友，恰巧也在這週末來拜訪他
我們自車站穿過內卡河，行入大學城中古風味的城域裡
幾呎外黑格爾的故居，同連排的古老長房遙立於河岸邊

F 的新公寓在老城區之外，刷白的建築上挖出方整的鐵窗框
公寓幾年前才落成，附設有新穎的電梯
長廊上的石質鋪面色澤飽滿、表面光滑蠟亮
F 替我們推開房門，D 見到我不禁興高采烈的歡呼起

他們的公寓坪數並不小，客廳、廚房和臥室間立了道牆以作分野
地上鋪著溫暖愜意的木質塊版，頂上掛著一大一小兩盞 IKEA 的造型吊燈
房內最引人注目的不外乎是座大白板
上頭詳細記著一條條他們倆最近的行程

久未謀面，滿腹的話語反而不知從何說起好
F 先開口了，問我這半年在馬德里過得如何，期間又曾旅行至哪些地方
我則探問他這陣子為了哪些事忙碌，以及這一年半來生活有什麼變化
不知為何，竟感到言談所及彷彿均僅在表面打轉，沒能真正刺入情緒的核心

晚上我們受邀去 F 朋友的慶生會

眾人先至橋上集合再搭公車到郊區的保齡球館

出門時，我看著 F 和 D

心想到底怎麼回事了，何以感覺此時與他們間的距離拉長了許多

F 的朋友們陸續抵至會合處，沒幾下功夫總共集結了約二十人

大夥浩浩蕩蕩的跳上夜間公車，乘夜幕伏馳

我們在內卡河的隔岸下站，又在冰天雪地裡走了快二十分鐘才到達球館

德國人們球還沒開始打，便先點上一輪啤酒，乾上幾口再說

適逢週六晚，球館滿滿都是球友，所以我們只分配到兩條球道

兩人一組輪流丟球，每打完一球就得候上好一陣子

全部的人中，只有我和 D 不是德國人，可她現時已能以流利的德文應答如流

於是乎，當大家聊得起勁時，D 即貼心的主動找我談話

雖然她的澳洲口音著實濃厚，但至少我還算聽得懂

D 笑著講到上次道別時，她正是我現在的年紀
而轉眼間她將於今年年底收下二十七歲的祝福
我說我一直很想知道，當初她到底怎麼下定決心拋下二十餘年來在伯斯的一切
勇敢的至人生地不熟的歐陸，重新堆疊起 " 生活 "、" 人生 "

D 的雙眼依舊如印象中般銳利深邃，可這回當她要開口時
卻濛沌了半晌，似流露出絲絲醞宕許久的情緒
她將故事重頭講起，補足了先前我所不知道的、遺漏的細節

那時 F 回到德國，D 返至澳洲後，他們以 Skype 維繫著情愫，一週至少三次
年底，她存夠錢後便辭去工作，半賭博式的隻身前往歐陸
她先旅行了一小陣子，爾後在倫敦工作了半年
期間仍與他保持著密切的聯繫
她說自己那時二十四歲，忐忑不安的來到異鄉
憑藉的僅為對他那尚稱不上 " 愛 " 的情感
他們均不知道未來將如何進展，可不嘗試看看的話，所留下的遺憾將更令人懊悔
他開口問她願不願意搬來圖賓根，原本猶疑不決的她終於被打動
學習德文，融入他的生活，試驗自己對他的情感究竟能否昇華為 " 愛 "

F 和 D 如今已攜手度過第二個週年，而語言間的隔閡日益縮弭
他們也坦言仍在學習，學習相愛之道、相處之理

我們緬懷過去，感謝緣分將彼此帶入自己的生命歷程中
從往昔聊至今朝，講述著途經的起伏與風景
熟悉的感覺回來了，F 和我彷彿回到初相遇時那男孩般的歲數
一年半前見面我們還是大男孩，至於這次呢？
我們再也無法佯裝為男孩了，幸好此刻欣喜掩蓋憂傷

保齡球館點起盞盞霓虹螢光，音樂響徹全室
F、D 和我將燙指的殘菸尾按熄，搖晃起偌大的半公升啤酒杯
白啤酒泡沫近底，＂Prost！＂我們三人相視而笑，爽快的乾盡青春苦澀

二月 ——————————

Febrero

37

情愫・濫情

旅行至多座城市後，越來越濫情
對於城市，萌生了種過於孩戲的情愫
往往抵達後，不花一天便能初步辨識出城市的特色、性格
有時甚至能掘出羊腸小徑間的祕辛，或是因街口的賣藝藝人而流連片刻

似乎太過輕易地即為城市所傾心，也太過於輕易的
在傾心後的隔日晨曦時分，隨意拋下那感受，並不在乎是否將之踐踏於腳底
恰似前一秒仍燒得燦爛的菸屁股，下一刻已冷卻在地且沾滿髒汙鞋印

與幾年前開始迷嗜大量旅行，或一兩年前初自助旅行的那陣子相比
那時的自己不免得等到離開前，才有法子理清自己對於該座城市的情緒
並劃定她們在心目中的排序

"旅行"的確叫人上癮

令人在不覺間對其挾以貪婪之情、掠占之慾

漸漸的，旅人們依率然的感性直覺

循行旅途中所遭遇的人、事、物而遊蕩

理智猶似多餘，頂多提嚀我們旅程的大方向，和自身正處"旅行"一態之事實

在貝爾格勒的第一晚

恰巧與住同房的俄國女孩 RE 參加了同一場 walking tour

我們沿主要的步行大街朝共和廣場的集合點前進，順道分享彼此的旅行計畫

貝爾格勒後她將返回莫斯科過聖誕節，我則說下一站打算啟程前往布達佩斯

剛遊歷至塞拉耶佛的她，極力推薦我應也要將塞拉耶佛納入行程清單

老實說，自己對那座城市一點概念也沒有，只知道那裡是一戰爆發的導火點

RE 說那裡保存著戰爭後的遺緒，城域不甚廣闊可小街小巷間魅力十足
旅人在那嗅到歷史的沉香、見到斑駁牆面的豐滿紋理、感受到風中塵沙的溫度
她短略的簡述，可足以使我猶豫，也許接下來應該往南走吧！
半島上城與城之間的隔距均不遙遠，搭乘巴士雖稍費時，可實為划算的方案
回青旅問了巴士的路線，至塞拉耶佛或布達佩斯明晨均有班次
並未游移太久，當下直截的請在櫃檯值班的 IV 代為預訂南下的小巴士

在布達佩斯的最後一晚，遇到了一大群分別來自法國和阿根廷的有趣旅人們
我們分別住在不同青旅，卻因一位共同的朋友而齊聚至一位當地人的家裡
爾後，夜尚年輕，當一群年輕人廝混在一起時，睡眠為多餘
我們對時間的凋逝不以為意，惟在乎於流沙般的稠夜裡
眾人何時將為偉邁的理念、夢想所埋沒，埋沒至尋不見軀體、埋沒至徹底窒息
隔日天欲明的凌晨裡，大家靠在陽台的隔柵上嘻笑
菸一支又一支的燃爐、熄滅、消逝，冷風如同尖刃刺得大夥面頰通紅
我延後了班機，改為隔日再回馬德里，純因不願輕易放掉這得來不易的狂熱恣意

在旅行的途中，斬斷過往、直挺向前極為不易
我們常慣於耽溺在已討得的、野火般的歡愉內，那來得快也去得不急掩耳
可迷茫徒輩，仍飛蛾般的為之前仆後繼
也許對資深旅人而言，愛上一座城市的緣由越發繁雜，只是下定奪並不費時
或許是走過一條街後
或許是在廣場上的露天咖啡亭嗑下杯淤澱有殘渣的卡布奇諾後
又或許是同若干旅人打過照面後
各式藉口看似隨意，卻又如此於情於理、熟慮深刻

該不該替自己擔心，劃定起戒律
迫使自己將對於 " 城市 " 們日益氾濫的情感加以修飾收斂
在意識深處習慣於漂泊浪蕩的生活態度前，趕緊將自己拉回正軌

和室友 J、M 在客廳閒聊，討論於馬德里的最後一夜要做些什麼好

M 的朋友 ML 亦在客廳，她因搬家的緣故，來我們的公寓裡借住幾宿

我們四人喝完了冰箱裡僅存的一手啤酒，在沙發上攤坐想著要幹嘛

" 出門吧！" ML 慫恿道

我們問她要去哪裡，她說先出門再看看呀

於是乎我們各自回房梳妝整頓了一番，裹起大衣

由她們伴我於城市的最後一夜同馬德里道別

那是我在馬德里的最後一晚

心情理當雜陳、情緒本該滿載、步伐應為躊躇、喉咽所以熬燙……

想著離開馬德里後下一座即將短暫棲身的城市，自己會因何種因素對她產生情感

而那新的情感，又將消磨去多少自己對於馬德里的舊愛

相似的疑慮也許荒謬
可的確於漫長行旅中滲蝕意志──那關乎是否該鍾情於獨一城市的意志
到頭來，旅行的當下我們彷彿擁有著全世界
然當卸下行囊回歸平凡後，我們似乎又什麼都不剩了
旅行給予、又吞噬了一切
至於旅人們與城市間的情愫呢？

比利時作家艾蜜莉·諾彤在她的半自傳小說 Tokyo Fiancée 中曾提及
" Tout ce que l'on aime deviant une fiction"（人們深愛的事物終將化為幻影）
這句話難以自生活中應驗，因情愫往往夭折的快，不及昇華
尤其在舟車勞頓的遷徙和旅行時特有的亢奮情懷中，即已揮發殆盡

38

里斯本新年

二十三年來頭一遭不在台灣過年
獨自在外地，於不慶祝農曆年的洲陸上假裝沒有"過年"這回事
半年前預訂機票後，總不停反問自己，為何果決地不沿襲這猶似已根植基因的傳統

是想藉機向最親愛的人表達一股自己也還理不清頭緒的不滿情節
還是只是無來由、病態的想"懲罰"家人，噢不，是"凌虐"自己

生活於異鄉的華人們，每每逢節慶時總五味雜陳
一來自身沒有過西洋節慶的習慣，二來是外國人也沒在慶賀亞洲的節日
這似乎化為雙股寒流，凍得心頭直顫
若和朋友們聚在一起時可能還不易察覺，但小心千萬別落單了

聖誕節期間，在西南部的小城隆達
整座城市均停擺了
商店、大街上的人潮自午後即明顯消散
大家都回到家裡準備度平安夜
想找個地方吃晚餐變得難上加難
晃過數條街巷後，找到了小鎮裡唯一一間仍在營業的中式餐館
進門後發現光顧的客人還不少，大多為闔家前來聚餐

平安夜的晚餐對我而言沒多大意義
連同 H、O 點了幾道家常菜，稀哩呼嚕的囫圇下嚥
"聖誕快樂！" 我們彼此淡淡的祝福道
爾後不帶情緒的，以久違的竹筷子夾取那一盤盤粗糙、撒了太多鹽巴的江浙料理
餐後寧寂萬分的平安夜裡，只有屋舍裡的馴宜燈火探出窗櫺
伴與屋內若有似無的點點聲音，頑皮的投映在鋪石街道上同孤單遊子們一併走跳

聖誕節那幾天遇到尚在行旅的外國人時，不免好奇的問道何以未與家人們團聚
有人是因拜訪摯友、有人則因更鍾情旅行走訪
"反正還有明年嘛！" 希臘女孩 MA 如是說道
每位未回家過節的遊子們，肯定於心房下壓藏了某個緣由
然而道出口用作解釋推託的，又是另一番說詞
用於掩飾，作為假面上親切卻假惺惺的人工笑臉
我的理由、藉口、官方解釋⋯⋯呢？

台灣時間的除夕夜時，我在里斯本剛賴床起身，沖了陣舒暢的熱水澡後
算準家人們年夜飯開動的時間，撥了通越洋電話回去
電話筒彼端喧騰熱鬧，全家族都圍在電話旁並開啟擴音模式與我通話
恭賀他們新年快樂，頗為制式的用字遣詞，除此之外擠不出什麼話好說
他們不外乎紛紛的祝福我旅途愉快、平安順利
簡單拜年後彼端掛上話筒，我則將手機收進褲袋
頂著里斯本的風和日麗出門去，絲毫未感所謂悵然若失之情
千萬里外那席我本該在場的年夜飯，頓時如同與我斷絕了血脈

是日在里斯本的夜晚，於是乎成了在歐洲的除夕夜
投宿的青旅供有晚餐，同眾人圍在長桌上品嚐起佳餚，如在家般溫馨舒適
餐堂裡的我們集結自五湖四海，可 " 距離 " 卻於大夥熱絡的談笑中消弭瓦散
如此另類的除夕夜想必永誌難忘吧

希望於往後的歲月裡，再度過多少個此般"非傳統"的農曆新年呢？

現在肯定還說不準，人生的際遇多變難料，且戰且走吧

話說回來，自己之所以不想回台灣過年，大致是因為感到疲倦不堪

對於父母總要我向親友們宣告自己正進行，或將要投入哪些"豐功偉業"一事累了

對於長輩們過度關注我的感情生活、未來展望一事累了

對爺爺總假開玩笑，實為盼望我趕快結婚生子一事累了

對"農曆新年"予人過甚壓迫的形式累了

對於不知所以然卻堅持了二十餘年的中華傳統累了

才趁著今次留學的名義賴在外鄉逾期不歸，旅行倒還是其次

扮作逃兵才是實際的"叛逆"宣言

矛盾嗎？

逃避出自身的傳統

因太過親暱而產生嫌隙，進而對之推除摒棄

可在另一方面、同一時刻

卻又未真正躍身投入於異地的習俗裡

困在其間類似浮萍般，雙邊均不著根

此感受也許只有少數懷有躁動靈魂的遊子們才能明瞭

搭乘地鐵前往里斯本的海港新城區，那裡剛規劃落成不到二十年

舉凡火車站、水族館、若干嶄新的博物館、穿插於間的綠帶公園等

均有別於舊城區，呈現出截然不同的氣象

晴空萬里、陽日明媚，海風攜點涼意卻不顯濕潤，使城市不至浸濡於鬱悶

世界的另端時值守歲，而此時里斯本的氛圍如此宜人自在……

這沒什麼不好，在離家千萬里的某處，平淡的跨過一次農曆新年
慶祝與否反而並非至關緊要，能徜徉於此際的時空下已夠大呼滿足
那節慶的本質──與家人團聚呢？
若為此辯駁準定沒完沒了
和家人的情感能否不再以對傳統的依循來疇範
而是憑形式之外，更多種類的柔性網絡搭接起連結
也許吧，但此時只想深深地吸口氣，靜心片刻，緩緩吐納後睜開雙眼
持續地向前闊步
持續地張開感官
持續地旅行下去

39

雨島歸限

歐陸的最後一站，語別里斯本宜人的湛藍晴空及倒映著城市的太迦河後
同美國女孩 BS 一塊前往新東方車站，乘上駛向波圖的列車

前些日子，在青旅閒聊時，恰巧得知她亦打算於同天前往波圖
於是我們很有默契的約好結伴而行
行旅之道上，旅人們宛若有著共同的頻率
關乎彼此之間應對進退的頻率，尤其當又是隻身迴步於行道上時
我們樂於鬆弛緊繃的肩頭，緩緩地吐口氣
望向旁鄰、對座的旅人們，微笑著以表情、言語、肢體擺動
搭築起近期所見所聞之粗略概貌
反覆數回，一時之間，我們便把狹小的空間烘襯得緩盈可人
言談間之笑容、情緒非緣起寂寞，而是……
渴望以來自四方的精采故事，豐沛自身對於旅行一詞的想像縱深

兩個半小時的車程上，我們聊起關乎旅行及旅行之外的大小事
BS 來自康乃狄克，大學畢業後先在阿布達比工作了一年
前陣子輾轉至上海，現任職於紐約上海大學
忙裡偷閒湊到了一週半的假期，馬上迫不急待地飛來葡萄牙
只是仍正與嚴重的時差搏鬥著

順延鐵軌北上，橢圓窗扇外的景致逐而流失彩度

待列車停靠在波圖時，天上降下了零零細雨，城市為之掏洗得更為淡漠

未預訂旅社，隨興的走一步算一步，抵達 B 預訂的青旅時同她走向櫃台

" 還有幾張空床 " 台人員神態自若的表示

似乎對於隨興的旅人們早已見怪不怪

旅程的最後幾日有了落腳處，卻未感挪開心口上的石子般舒坦

也許是因早就預期到這樣的結果，也許自己對這件事壓根一點也不在乎吧！

籠罩城市的濃厚烏雲於那幾天裡從未散脫

落雨更是有一陣沒一陣的，街景始終呈濕漉之貌

細雨、驟雨、大雨、綿雨……

雨奏間穿插的片刻空檔猶似只為鋪陳下一番雨勢

何以半島上的城市能如此多雨？乃至於氾濫的程度
幾年前波圖甚至還打敗倫敦榮登全歐最多雨的城池呢
只是這似乎非短暫停留的過客們所樂見
對於城市的印象僅有濕腐陳舊、灰暗不堪

旅程的最後一站竟是伴以不歇的降雨，說不定為番暗示
告知自己將返至雨嶼之事實
雖然類似的聯想寧可解讀為牽強居多

在波圖的幾天裡，往往頂著雨出門，漫步在雨中
嗅著浸濡於雨中的城市所逸散出的味道
又或進到室內參觀、品酒、小憩片刻後，令稍乾的衣裳再次擁懷雨珠
爾後，待長日將盡，步履蹣跚地行上歸途
踩著積水的鞋襪，頗為狼狽的回到房裡
旋即備妥一套新衣，連同浴巾進到淋浴間，扭開伊呀作響的水龍頭再次迎向水勢
惟這回水是暖的，夥同愈發滿溢的情緒凝為蒸氣
飄散至離自己只會越來越遠的某處

好幾個入夜前的午後時分，天已黑只是時針尚在五、六、七之間徘徊躑躅
青旅內的旅人們受困於雨勢，便在客廳裡築起與外隔絕的堡壘
我、BS、加拿大大哥 NM、法國女孩 LC
德國女孩 KS、英國女孩 EB、以色列大姊 Y……
有人和目前的自己一樣正在旅行；有人和之前的自己一樣將展開交換生活

LC 和 KS 那幾日總穿著雨衣到處找公寓，有時則興沖沖的參加替交換生們辦的派對
望在眼底，為她們感到開心，卻也於此同時為潑辣的情緒嗆得萬分難受
還得告誡自己別想起馬德里，因那將令自己墜入溫馴、不見底的渦流內
小至日常生活中的柳橙汁、烤雞、捷運卡、行道樹
大至酒吧、朋友、室友、馬德里

"你可以再申請到馬德里嗎？"同 LC 在室外中庭抽菸時，她如是問道
"沒辦法，只有一次機會，而我已用掉"吐出煙霧後我高仰下顎，不疾不徐的說道
我們縮立於大洋傘下，傘外仍舊下著雨
僅足容納二至三人的傘棚下如同臨時的抽菸亭
和 LC 在底下抽了好幾次菸，時而則有他人加入，一道擠在侷促的傘下吞雲吐霧

屢屢和讀景觀設計的 LC 談天時，只是越發羨慕她即將展開的交換生學期
深明那樣的一學期將是多麼難能可貴，那為之而雀躍不已的心境是絕無僅有的回憶

離開馬德里滿兩週了，和仍在那的朋友們依然維持著密切聯繫
可是言談之間的情緒是否將因時間、距離的因素而漸漸積累起隔閡？
前往機場前的晨光下，如此反問著自己

我點燃最後一支紅色萬寶路，獨自占據著傘底
花了比平常多一倍的時間才抽完燒至尾燼的菸捲
那仍是個下雨的早晨，一天後，自己將到達地球的另一端

只是，那裡是家嗎？
抑或，自己其實正將離家遠行？

4o

附錄　往昔的紅星：掙扎於重生的貝爾格勒

> ——「結束了東歐的旅行，回到馬德里後，仍十分難忘在貝爾格勒所聽到的一切
> 故事。於是，尋找了史地資料並再次整理文稿後，希望以一整篇散文，更全面地
> 向大家介紹貝爾格勒的美麗與哀愁，故某些段落將與先前第 28 篇部分重複」——

　　前陣子剛看完最新的《星際大戰》，片中捲土重來的「第一軍團」果真來
勢洶洶，頗有舊系列中「帝國」的味道。何謂「帝國」，就是要一切都排場大
又氣派，建築要高大廣碩、馬路要至少八線道，合不合乎使用需要其實沒那麼
絕對，反正氣勢才是最重要的。類似的畫面其實在早期的建築設計及城市系統
中都能瞧見端倪，例如埃及的金字塔和神殿、古羅馬城的廣場、巴黎的放射狀
都市規劃、北京的紫禁城和環狀都市等諸如此類。那麼在比較近代的時期呢？
是否也能體驗到相似的場景？

是的，自二十世紀以來其實也不乏對於講究排場的規劃設計，尤其在集權國家更常見。極端集權政治下，左右分別為共產和法西斯主義，法西斯主義舉凡羅馬近郊由墨索里尼發起的 EUR 特區、希特勒令 Albert Speer 規劃的新柏林（日耳曼尼亞）；共產主義的例子則可自莫斯科對照，只是莫斯科太古老，就城市規劃上實難以在既有的歷史脈絡上大展手腳，因此若想知道共產思維何以影響都市的配置、如何架構起城市裡的各種系統，不妨至貝爾格勒瞧瞧。

　　貝爾格勒？就高中選讀理組的學生而言，「貝爾格勒」這一名詞實在陌生，我們甚至不大確定它是座城市、還是一個國家。簡言之，貝爾格勒是塞爾維亞的首都，亦是前南斯拉夫社會主義聯邦共和國的首都，儘管南斯拉夫已於十幾年前徹底瓦解了，貝爾格勒仍是前南斯拉夫諸國中人口最多、規模最大的政治、經濟、文化核心。

　　薩瓦河貫穿城市，以東為舊城區，彼岸則名為「新貝爾格勒」，橋樑的兩端彷彿不同的世界，舊城區已有兩千多年歷史，新貝爾格勒的一切則均發生於1945 年之後，新貝爾格勒的街廓為標準的棋盤方格狀，住宅區和商業區涇渭分明，在台灣常見的住宅下連接店鋪的模式在這頗是零星。

　　商業區有著數座立面為帷幕牆的辦公大樓、巨型的複合娛樂購物中心、一座五萬人座的足球場館，住宅區沒有獨棟房，舉目常為十樓以上的高層公寓，一連五六棟以上齊並列，學校和公園則穿插於街區裡的空檔處。這些高層公寓多是國宅，造型規矩且形式死板，中間的天井因過窄而採光不佳。因以預鑄工法建造，能很明顯的自建築整體區分出一塊一塊的小單元及之間裸露出的結構系統，如同疊積木般。這是很社會主義講求效率的做法，因預鑄工法可以事先在廠房運作，將成品帶到現場組裝即可，對於要快速、大量生產居住單元的共產政府而言乃絕佳的選項。

　　新貝爾格勒的街道寬得有些太空曠了，儘管在冬天裡大家確實比較喜歡窩在室內，然多餘的車道及街廓上過甚的建築退縮所留下的空間，仍令人感到這城市也未免空曠得太虛無了吧。那些多出來的空，在寒風酷瑟的此際尤是顯著，彷彿風裡傳來了窸窣的迴音，只是在穿越了無所不在的空曠處後，便模糊了頻率。

　　右岸的舊城區精采多了，整體而言帶點雜亂但處處均生動活潑。隨後到共和廣場參加 walking tour，熱情的導覽大姊 MI 邊講著歷史邊帶著大家在城裡逛。城市的規劃可由北方丘陵上的城堡說起，以城堡為起點，現今的共和廣場實為古城牆的疆界所及之處。由於城市發展的脈絡良久，在早先缺乏統合規劃下的結果，導致城市樣貌因應常民生活而呈有機零亂。無論是在舊貝爾格勒整體平面的街道系統、或三維的建築樣式上，均難以找到其和諧的規律，在此 M 解釋

道曾經於約十七、十八世紀時,當權者曾想過要梳理市容,也的確找了專門的規劃師展開討論,無奈城市的型態經千年來已難以用如棋盤方格狀的規矩規劃法重新劃定之,只好在最大亂度中找尋依稀存在的理性線索。

於是乎,若細看舊貝爾格勒的街道平面圖,不難發現城市裡有著數個廣場,而主要道路則由廣場輻射而出;換言之,城市以好幾個廣場為核心,內部則以相交相織的道路網格切分出不規則狀的街區。常民的活動發生於街區裡,也發生在尺度較小的街道上,在在重新定義了原有街區的實質邊界,那邊界彷彿是浮動的,因季節、事件、日夜而遞變,也因此不斷將城市的樣貌重新塑形。

Walking tour 近尾聲之際,MI 提及「貝爾格勒」本意為「白色的城市」,這說法源自羅馬人,因為羅馬帝國時期這裡是國家的石材產區,所蘊含的石礦以白灰色為主。城市發展良久,意味其所參與過的戰事不在少數,貝爾格勒前前後後被摧毀超過 30 次,不至全毀,缺損的區塊由後代子孫們補起來,因此市容之所以包含從羅馬時期到現今的建築樣式。最近的一次是 1999 年的科索沃戰爭,主戰場雖在國土南部,但首都裡部分重要地標也被列入轟炸的目標,和百千年前造成的損傷而言,炸彈烙出的窟窿更為怵目驚心。M 接著秀了張照片給大家看,影像中半毀的建築橫豎於熙來攘往的城中心,她說那是原先的國防部,是北約在科索沃獨立戰爭期間的傑作。

導覽結束，特地走進城中心瞧瞧 MI 提到的廢墟建築。碩大的建築體被炸成兩節，新的道路自其間貫串而過，它受損頗嚴重，儘管整體結構尚堪健全，但要重建也得費上許多折騰活。廢墟周遭圍起柵欄，試圖將之與絡繹不絕的市中心隔絕開來，於城人們也許早已習慣那靜置已數十年的頹廢量體，可於觀光客如我而言，那巨大的廢墟如無法結痂的瘡疤，難以想像其內所埋涵的哀傷。我心想：為何政府寧可將廢墟擺在城市裡，卻不著手處理？難道是將它當作紀念盃嗎？紀念和平、緬懷戰火時城市所承受的傷痛？

　　抱著滿腹疑問回到了青旅，見到在櫃台滑手機的 I 先是打了聲招呼，便忍不住拿出手機裡的照片問她那毀壞的國防部究竟是怎麼回事。誰知道這一聊，她話匣子裡的故事竟是全然托出。IV 大我兩歲，剛從貝爾格勒大學的土木工程系畢業，已在城市裡住了快十五年。

「所以妳記得 99 年的那場轟炸？」我問。
「當然記得，不過那時才國小，同學們都不知事態有多嚴重，有些同學還故意穿起畫有靶心的衣服朝遠方的轟炸機挑釁，對年幼的我們來說，跑防空避難室如遊戲，還可提早下課，那時覺得好像還不錯耶！」她微笑著回答。
「所以那也是妳唯一經歷過的轟炸嗎？」我接著問。
「不是，年紀更小時在蒙特內哥羅也曾經歷過一次」
「妳不是塞爾維亞人？」　「這有點複雜，我爸是克羅埃西亞人，我媽是波士尼亞人，我也在波士尼亞出生，兩歲時，因任職塞爾維亞陸軍的爸爸被派駐蒙特內哥羅，所以全家搬到那住了幾年，直到南斯拉夫內戰……」

　　IV 頓了會，似陷入回憶的渦流，她眨了眨墨綠的瞳眸，娓娓而道：「一晚，隔壁的公寓被炸倒了，媽媽趕緊把姊姊和我叫醒，要我們連夜打包必要物品，打算天一亮就北上逃往塞爾維亞，那時我才四、五歲而已，可那夜的記憶好鮮明。我把小背包塞滿餅乾和泡泡糖，緊緊抱著泰迪熊。我媽瞧我帶的東西即歇斯底里問我帶泰迪熊是要做什麼啊？我也不知道，總覺得那是我最重要的東西吧。」

「所以妳真的帶著泰迪熊逃難？」

「是啊，那是我僅有的填充玩偶，從校方跟中國某個小學辦的交換禮物活動中得來的。」IV 不好意思的笑了笑，直言童稚回憶裡的彆扭舉動於今格外溫暖窩心。

「那妳爸爸呢？也跟著妳們一起北上嗎？」

「不，他那時在軍隊裡，與我們失聯了好一陣子，我媽急得不得了，好在之後他與我們在貝爾格勒重逢。幸運的是，儘管戰火延續了幾年，可周遭認識的人均安然無恙，我由衷為此感恩不已。」

「妳們這一世代的年輕人恨北約嗎？」我問。

「這蠻矛盾的，如果恨的話那代表我討厭大半個歐洲，與其說恨北約，我會說我們對美國沒太大好感，儘管我們都學習說著一口美式英文。恨？相較於沉浸於過往的仇恨裡，塞爾維亞國內目前還有更大更嚴重的問題等著我們著一代呢。」

「像是什麼？」　「失業率啊、低薪啊、前景、政治環境等。我姊從醫學系畢業，可現在還找不到工作，只好閒在家裡。」

「怎麼可能，醫學系畢業沒工作，政府會安排吧！」
我不解的說。

「這就是政府蠢的地方，提供三分之二的醫學生公費讀書，卻供不出職缺，間接造成國家的醫療品質低落，照護比過高。」

「那如妳姊這樣遭遇的年輕人有什麼打算嗎？」「學習外語，離開塞爾維亞。」

「西歐其實蠻歡迎有專業背景的移民，只要會外語，拿到工作簽並不是太大的問題。事實上，我敢說有一半以上的年輕人均打算出走，月均四百歐元的薪資誰想待下去呢？一些大學甚至開設德語、俄語教授的課程供那些想離開的年輕人提早作準備。」「政府難道無所作為嗎？」

「我已經有投票權八年了，可我自豪自己一次都沒去投過。選來選去都是那些人，主要三個政黨就霸在那，其他人全然無出頭的機會。大家都知道塞爾維亞遲早要完蛋，只是時間早晚的問題。」她略為洩氣的說。

「妳也打算離開嗎？」我看著她。

「有機會的話一定會的，這沒太多新的開發案，像我這樣唸土木的只能往外走。」

「妳很無奈嗎？」

「或多或少吧，可生活還是得過下去啊！」L擠出燦爛笑容說道。

「妳們這世代的年輕人會希望前南斯拉夫諸國重新團結起來嗎？」我好奇地問。

「嗯……會吧，多數人會這麼想吧，不過得看背景為何。以我為例，父母是不同的民族，所以自己雖在波士尼亞出生，蒙特內哥羅長大，可我自己認為我是塞爾維亞人，所以我才會希望南斯拉夫諸國應要重新團結。至於其他父母均為同民族的年輕人可能就不會這麼認為了。不過，說到底，幾世紀以來各民族間彼此通婚交流，說實在的除了東正教和天主教的信仰差異外，我們都長得一個樣啊。還不都是因帝國主義把它的髒手伸進了巴爾幹，人民才平白無故的苦受戰火煎熬。」

　　晚間近十點，聊著聊著我們喝起了半島上特有的純釀 Rakija，青旅裡其他的人陸續加入我們，大家齊道 Živjeli（塞爾維亞語的乾杯）後一口氣飲入微甜的燙辣酒精。IV 提醒我們今天是東正教的聖誕夜，不妨去河邊看看煙火。
「我爸信天主教，我媽信東正教，所以聖誕節每年都會過兩次，不過今晚的煙火比較盛大，畢竟塞爾維亞人信的是東正教」。
「妳要一起來嗎？」我們問。
「我還沒值完班，你們先去吧！」
「好吧，那麼，聖誕快樂！」
「聖誕快樂！」IV 甜美的向大家祝福道。

　　雪夜裡大家成群結隊的信步於城市裡，踩踏在歷史幾經層積的古老街道上。我們朝河岸的 Brankov 橋前進，一點也沒有因對貝爾格勒的陌生而顧慮逡巡。陌生？是啊，幾日下來，以為自己多少透過參訪景點、漫遊在街道間，建構起對於城市的初步認知，可當和在地人聊起時，卻又深感貝爾格勒於我是如此的遙遠陌生。恰似看見了磚瓦，可卻不解其所言和謂，不明白磚瓦所覆蓋的，是城市過往的哪項事蹟。

　　回到起頭，想著自己為什麼莫名其妙的選在嚴冬走訪此地，本應著對獨裁專制下的城市規劃的好奇而來到貝爾格勒，結果方因城市、城人的故事而始感「貝爾格勒」一詞後所蘊藏的濃郁溫度。

　　戰爭結束於今幾十年，烽火已歇、殘骸近沒，可在如今二十歲以上一代人的印象中，有些傷痕、瘡疤、難以揮別的夢魘似當初剛按下快門的泛黃照片，也許對照此際看似事過境遷，可之中的情緒乃為一整個世代悄悄的安存在心窩裡，是酸是苦是辛是澀外人們均無從知曉，只有半島上的人才明瞭。

Life Art 01

馬德里隨筆 —— 青春・語別・未完待續

作　　者：林子群
主　　編：黃韻光
校　　對：黃韻光、林子群
視覺設計：許紘維
內頁編排：許紘維

發 行 人：洪祺祥
總 編 輯：林慧美
法律顧問：建大法律事務所
財務顧問：高威會計師事務所

出　　版：日月文化出版股份有限公司
製　　作：洪圖出版
地　　址：台北市信義路三段 151 號 8 樓
電　　話：（02）2708-5509
傳　　真：（02）2708-6157
客服信箱：service@heliopolis.com.tw
網　　址：www.heliopolis.com.tw
郵撥帳號：19716071 日月文化出版股份有限公司

總 經 銷：聯合發行股份有限公司
電　　話：（02）2917-8022
傳　　真：（02）2915-7212
印　　刷：禾耕彩色印刷事業股份有限公司
初　　版：2016 年 12 月
定　　價：300 元
I S B N：978-986-248-598-9

馬德里隨筆 ——青春・語別・未完待續 / 林子群作.
-- 初版 . -- 臺北市：日月文化，2016.12
216 面；14.7x21 公分 . -- (Life art；1)
ISBN 978-986-248-598-9（平裝）

855　　　　　　　　105016911